# Níxer

Deseño de cuberta: Miguel Vigo
Imaxes de cuberta e de interior: Alfonso Costa

1ª edición: marzo, 2010

© Francisco X. Fernández Naval, Camilo Franco, Alfonso Costa,
   Moustapha Bello Marka, 2010
© Edicións Xerais de Galicia, S.A., 2010

Dr. Marañón, 12. 36211 Vigo
xerais@xerais.es

ISBN: 978-84-9914-114-5
Depósito legal: VG 160-2010

Impreso en Rainho & Neves Ltda.
Rua do Souto, 8
S. João de Ver - Feira (Portugal)

crónica

# Níxer

Francisco X. Fernández Naval

Camilo Franco

Alfonso Costa

Moustapha Bello Marka

XERAIS

# A chaira das mulleres luz

Francisco X. Fernández Naval

*Quíxenos ben a todos, os nomes
de cidades de entullo, enferruxadas, de solpores
que tocan nun coma o metal,
debera de escribir poemas sobre o Támesis,
arreguizado a través de cidades envoltas en peles, cascadas polo lazo,
cuspidas, por cousa do seu gusto, nalgún río repleto de barcazas.*

DEREK WALCOTT
(Tradución Manuel Outeiriño)

# 1. Os viaxeiros

Seremos seis, pero aínda somos cinco. En Madrid enlazaremos con Iñaki, o representante navarro de ACF. Imos con prevención contra a Terminal 4 de Barajas, de inauguración recente, acusada de labiríntica, con sona de provocar retrasos e extravíos de equipaxe. Camilo é quen guía, que pasou por ela hai poucos días, cando foi a México a percorrer as paisaxes de Diego Rivera.

Resoltas as dúbidas, composto o grupo coa incorporación do sexto expedicionario, embarcamos para Casablanca con retraso. Alí debemos conectar co voo de Niamey. É pouco tempo o que temos para o cambio, pero a sala de embarque limita co *finger* polo que saímos. Só lamentamos a sede, non poder saír da sala, ir ao bar, mercar auga e regresar. Temos dúbidas coa equipaxe. Daralles tempo de pasala dun avión a outro? É Alfonso quen afirma ter visto, a través da parede de cristal, como levaban a súa bolsa cara ao avión seguinte. A súa seguridade tranquilízanos, pero a realidade é outra. Ao aeroporto internacional Diori Hamani de Niamey só chega a equipaxe do navarro, feito que proclama a evidencia de que si deu tempo de traspasar as maletas dunha aeronave a outra, pero as dos outros cinco viaxeiros non aparecen. Lamentámolo todos, máis que nada por Isabel.

Presentada reclamación deixámonos levar ao hotel. Son as cinco da mañá e vai calor, unha calor mesta, en aparencia sólida, mesturada cun recendo gasoso. Alfonso, Suso e Iñaki soben nun coche conducido por Abdú; Isabel, Camilo e eu, no outro conducido por Omar, así será a distribución xa durante toda a viaxe.

Dende o coche, observamos os carteis de publicidade directa, con mensaxes pedagóxicas: contra a sida, fidelidade e abstinencia; todo pola muller e pola infancia, ou informativas: primeiro salón nacional do emprego; a Unión Europea rehabilita esta estrada para a vosa seguridade. Para quen as mensaxes escritas se sabemos que o oitenta por cento da poboación non sabe ler?

Cada un, na súa maleta, traía algo máis ca obxectos. Cada un, ao seu xeito, dérralle corpo á súa inseguridade. Na miña viña a crema de protección solar, a loción contra os insectos, a mosquiteira, o botiquín particularmente concibido para o trópico, o cepillo de dentes e o fío dental. Vivir sen fío, sen fíos que nos manteñan vencellados ás certezas das que vimos. Só cabe a humildade de compartir o pouco que nos queda, humanidade aberta, dispostos a relativizar, a relativizármonos, se cadra, así, incrementamos a nosa capacidade de ver, de sentir, de tocar, non sei se de soñar.

Camiño do hotel, buscando no ceo unhas estrelas que non vexo, lembro que antes de embarcar pensei que a única predisposición coa que viaxaba era a de deixar que algo me posuíse, que nacese en min algo que aínda non sabía como ía ser, que agromase e medrase iso que unicamente albisco máis alá das sombras da madrugada, do silencio do ceo, da conciencia de vulnerabilidade ao me ver desposuído de todo canto foi mercado para me protexer. A rúa do hotel é de terra e non ten luz. O hotel, africano na dimensión e no estilo, vainos acoller máis de unha noite.

## 2. Os todoterreo

Son os reis das estradas e pistas de terra en Níxer, afoutada presenza neste territorio que nin é deserto nin sabana. Os todoterreo das organizacións non gobernamentais cruzan o país de norte a sur, de leste a oeste, transportando cooperantes, distribuíndo loxística, transmitindo esperanza. Hai diferenza entre uns e outros. Os nosos, alugados, só levan unha pegatina lateral que nos identifica. Os mellores semellan ser os de Médicos Sen Fronteiras, novos e equipados con varias antenas, unhas rectas e outras curvas, que os manteñen localizados a través de satélite.

De cando en vez cruzámonos con algún vehículo de Unicef ou de Help, organización humanitaria de orixe alemá. O que impresiona tamén son os camións da ONU para o reparto de víveres, brancos, con rodas de diámetro tan longo coma o corpo dun home, semella que foron concibidos para estes páramos.

Viaxar no todoterreo dunha destas organizacións confire un status superior, non porque algún dos viaxeiros o reclame, senón porque iso é o que reflicte a actitude e a disposición de militares, policías ou controladores de peaxe manual. Tamén é o que se aprecia nos ollos da xente que nos mira.

Aquí, socialízase o transporte do mesmo xeito en que se socializa a necesidade, a falta de luz, a sombra. Cada vehículo é aproveitado por ducias de mulleres e de homes que se desprazan dunha aldea a outra, amoreados sobre mercadorías, confundidos na suor, confiados nun condutor que toma con calma as cousas da vida. Hai veces nas que a multitude de corpos que cobren externamente o vehículo, ocultan a estrutura toda, agás un anaco de cristal polo que o condutor intúe o camiño.

Son frecuentes as avarías, tanto de furgonetas de porte medio coma de camións. Alguén nos conta que hai un mercado importante de vehículos de segunda man en Nixeria, xunto ao mar. Son os condutores e os viaxeiros quen se ocupan das reparacións. As pólas de matogueira cruzadas na calzada, fan as veces de triángulos de emerxencia. Calzados os vehículos con ferro ou leña, os homes desmontan peza a peza os motores nun traballo que, ás veces, se prolonga durante varios días. É imposible non pensar que na cota de viaxeiros que o condutor escolle sempre hai un mecánico, só por se acaso. O certo é que cada mañá, nos poboados onde toca feira, os vehículos chegan coa súa carga de xente e de mercadoría, dándolle vida ao aire.

# 3. Hilá e a galeguidade

O extravío da equipaxe, a denuncia, as compras de enseres que substitúan os perdidos, o cambio de moeda, causan o retraso de máis de dúas horas que padece a expedición. Faise noite e aínda faltan máis de 100 quilómetros para chegar a Maradi, que non é o destino final, que a meta está en Mayahi, poboación menor, a hora e media de distancia de Maradi, transitando por pista de terra, lugar no que ACF ten instalada a base e o hospital que visitaremos.

Omar infórmanos que en Maradi, cidade grande e importante, atoparemos hotel sen dificultade e explica tamén que de noite non é aconsellable circular pola pista ata Mayahi.

Axiña chega o solpor. Apenas sen crepúsculo, como acontece nas xeografías dos trópicos, vénse a noite. Viaxamos en silencio, sen dramatizar pero conscientes de que o noso destino está, dalgún xeito, nas mans dos choferes Omar e Abdú.

Nalgún momento, o coche que vén detrás e no que viaxan Iñaki, Alfonso e Suso, perde o ronsel do noso. Son eu quen se decata e procurando que a miña voz soe enérxica en francés, ordénolle a Omar que se deteña á beira da estrada. Paramos no centro dunha aldea pola que teriamos cruzado sen nos decatar, que non hai nela ningunha luz. Advertimos así que a xente está na rúa, malia o escuro, compartindo o tempo que precede o sono. Os outros tardan varios minutos en chegar e, cando o fan, pasan sen se decatar de que os agardabamos, polo que, precipitadamente, subimos ao noso vehículo e iniciamos a persecución. Nalgures adiantámolos e situámonos de novo diante deles, que non entenden nada, xa que ignoraban que nós nos detiveramos.

Por deformación da realidade da que vimos, buscamos contra o horizonte o reflectir da luminaria da cidade á que queremos chegar, proxectada no ceo, sen interiorizar aínda a carencia de alumeado público que xa observaramos na madrugada de Niamey e que vimos de ver na aldea na que nos detivemos.

Isabel, inqueda, pregunta a cada pouco onde está Maradi e Omar, ser perder a calma, sinala algún punto inconcreto do horizonte dunha xeografía invisible.

Seguimos cruzando aldeas, pero agora, que sabemos da vida na escuridade, seguimos os fachos do coche que fan visibles, sequera por un intre, os grupos de homes sentados nas portas das pallozas, os nenos e os seus xogos, as mulleres que falan de pé. A vida sucede, aínda na ausencia de luz.

Por fin chegamos a un arrabalde no que distinguimos algunha instalación industrial e no que algún cuberto está dotado de subministro de enerxía eléctrica. Aparecen tamén os primeiros farois de luz macilenta que dan acceso á entrada dalgún recinto que albergará a residencia de alguén importante ou a base dunha ONG.

Detémonos a unha beira da estrada pola que transita unha multitude de sombras. Hoxe foi día de mercado e a xente recóllese. Descendemos do noso vehículo por falar cos outros e acordar que facemos. Por entre a multitude que vai e vén, distingo algo familiar. Na traseira dunha camioneta branca, leo as tres letras polas que estamos aquí ACF. Achégome e saúdo. Así coñezo a Hilá.

Os fíos invisibles da telefonía móbil coidaban de nós. Amadú, responsable de loxística en todo o país, que sabía do noso retraso, encargáralle á base de Maradi que agardasen por nós á entrada da cidade e que nos acollesen esta noite. Seguindo a camioneta branca conducida por Hilá, chegamos ao armazón urbano.

Madame, Maradi! –exclama Omar entre risos, dirixíndose a Isabel que xa non era quen de disimular a ansiedade.

Hilá é o responsable da base de ACF en Maradi. Trátase dun predio cercado e pechado, coidado día e noite por un vixilante que deixa pasar as horas deitado nunha tumbona. Distribuímonos nas salas. Para Isabel un cuarto individual. Camilo e eu compartimos un colchón grande no chan. O resto toma posesión dos leitos situados na sala grande. Hai oficina con conexión á rede, dous baños en estado lamentable e cociña na que os cooperantes, pensando nos que virán, van deixando o que lles sobra. Todos os leitos teñen mosquiteira, tamén as fiestras. Contra o cristal da de Isabel, repousan a súa inmobilidade media ducia de lagartos de cores.

A proposta de Hilá é cear de restaurante. Ocupamos unha mesa en penumbra baixo un cuberto de palla. Abdú e Omar sentan á nosa beira, noutra máis pequena. Vai calor e o aire semella tan inmóbil coma os lagartos da fiestra. Suamos sobre as cadeiras forradas de plástico. Aténdenos unha muller alta, de formas redondeadas, grande e de rostro fermoso, que non disimula o seu aceno de noxo nin as poucas ganas que ten de atender a estas horas. Uns pedimos peixe, carpas do río, outros cordeiro, todos cervexa do país. Tardan en servir. O tempo vale para conversar e así sabemos que Hilá, o noso protector, é enxeñeiro agrónomo. Beneficiouse da axuda que Cuba prestou aos países africanos nos bos tempos da revolución. Estudou en Pinar del Río e non podemos ocultar a emoción cando nos fala dos galegos que coñeceu en Cuba e, sobre todo, cando escoitamos na súa boca o concepto galeguidade. En Cuba aprendeu o castelán que agora emprega para nos explicar que en ACF dirixe un programa de formación forestal da poboación que vive nas comunidades rurais próximas a Maradi. O seu soño é conseguir explotar as árbores de xeito sostible, decotando as pólas e non talando polo pé e explica a súa teima de ordenar a recolleita diaria de leña, ofertando o conxunto do recolleitado co obxecto de conseguir un bo prezo. Cóntanos que quen nada ten, co clarexar do día, sae ao campo e procura a leña que lle dará os cartos para sobrevivir a xornada, pero isto, feito con présa, de xeito desorganizado, con improvisación e sen coidado só trae deforestación e pobreza, que cada un vende como pode e sempre á baixa. Pobreza sobre a pobreza, anoto eu no caderno. Non será a primeira vez que o que escoito e o que vexo me faga lembrar as nosas comunidades pesqueiras e marisqueiras, os esforzos por racionalizar a explotación dos recursos, a formación, a concentración da oferta co obxectivo de buscar mellores compradores e máis prezo.

A Hilá gústalle o fútbol e cea ollando o televisor, prendido nun recuncho, no que dan un partido da Champions League. Xogan a Juventus e o Arsenal. Tamén Omar e Abdú permanecen atentos á pantalla, que o fútbol é unha paixón en Níxer. Ceamos tarde, pero o peixe está ben e repetimos rolda de cervexas. A cea e a bebida de todos van con cargo ao fondo expedicionario feito a escote. Hilá vai polo Arsenal.

# 4. Os cooperantes

Aquí o papel das ONG resulta transcendental, aínda que a súa actividade non resolva os problemas de fondo, todos estruturais, que requiren respostas globais por parte da comunidade internacional, aínda que esta linguaxe resulta retórica. Pero si salvan vidas as ONG, vidas singulares, con nome coma Besiro Abdulai, neno que se recupera da enfermidade da malnutrición no hospital que ACF ten en Mayahi.

Pertencente á rexión de Maradi, Mayahi é unha pequena vila, de preto de 10.000 habitantes, que conta con prefectura, escola primaria e secundaria, casa de cultura e hospital público. Situada ao norte da rexión, é a referencia de preto de cen aldeas e dunha poboación estimada arredor das 200.000 persoas. O hospital público, que traballa en colaboración co infantil de ACF, só conta cun médico e un enfermeiro.

En Mayahi ACF comparte base coa prefectura de policía nunhas instalacións que foron dunha organización humanitaria alemá. Aquí traballan Camille, francés de Toulon, que dirixe a base; Esther e Imma, catalás as dúas, unha encargada da loxística, a outra enfermeira que, con Emé, cooperante nativo,

se ocupa do correcto funcionamento dos centros nutricionais ambulatorios que van seguindo o calendario de mercados pola chaira sen límite. Clarisse, tamén francesa, é a responsable do hospital nutricional, onde ingresan as nais cos fillos en situación de desnutrición grave. Completa o equipo Amina, que dirixe, en colaboración co UNICEF, un programa de formación de mulleres que pretende mellorar a produtividade das hortas de maní que elas cultivan na eira xunto á casa.

Todos son conscientes de que o seu traballo non resolve os problemas de África, nin de Níxer, nin de Maradi, tampouco os de Mayahi, pero están aquí. Todos descubriron que, ás veces, o traballo das ONG ten efectos perversos e non desexados. É posible que algunha das nais ingresadas co seu fillo no hospital, ausentes da casa entre 20 e 60 días, cando regrese ao fogar, atope a porta pechada e o rexeitamento dun home que a acusa de telo abandonado, a el e os catro ou cinco fillos restantes e basta que el pronuncie tres veces en público a palabra divorcio para que a ruptura se formalice. Pero están aquí, nais con fillos que precisan axuda e cooperantes dispostos a prestala, malia os atrancos, malia as dúbidas, porque, tal e como explica Esther, só dende a decisión individual de vir, de quedar, de establecer relación con outra persoa que precisa ou ofrece axuda, é posible mellorar as situacións extremas que aquí padece a maioría da poboación. Conta ela unha historia, a súa parábola particular da que bota man cando dubida, historia que fala dunha persoa que, paseando pola praia, ía devolvéndolle ao mar as estrelas que as ondas deixaban sobre a area. Cando alguén lle preguntou porqué o facía, se non se decataba de que antes ou despois o mar as regresaría de novo ao areal, esta persoa, non importa se muller ou se home, respondeu dicindo que a súa man establecía a diferenza entre a estrela que dispuña dunha segunda oportunidade e a que non. Nestas condicións o papel das ONG resulta transcendental.

É posible que o encontro cunha realidade tan intensa coma esta obrigue a interpretar o mundo, a vida, dende a metáfora. Iso fai Esther e tamén Camille, que leva moitos anos de voluntario no continente, destinado en países diferentes, en latitudes diversas, nas que viviu experiencias que fan del o home que agora é, entregado pero escéptico, eficaz sen ambición, sabedor de que o inevitable exerce sempre o seu poder e de que a vida e a morte alternan o seu ritmo, coma nun baile no que agora goberna unha, agora outra. No tempo que lle leva fumar un cigarro francés, conta unha historia, tamén próxima á metáfora, que nos deixa en silencio. Explícanos que, na súa opinión, África non chora, que a xente aquí resiste a necesidade e cada día demostra que a capacidade do home para vivir, para xogar, para sorrir, para ser feliz, é infinita. Dinos que el escoitou unha vez, só unha vez, o pranto de África e que iso é algo que nunca esquecerá. Cruzaba a pé un bosque de árbores secas nunha zona do Congo, onde tamén traballou. Era o solpor e el e os que con el viaxaban, apuraban a marcha para chegar antes da noite á aldea de destino. Pouco a pouco foron percibindo coma un laio que medraba a cada paso porque viña da dirección que levaban. Era un laído doente, seco, sentido e fondo, cada vez máis forte, ocupando o espazo das sombras, enchendo o aire sen paxaros. Buscaron entre os troncos coa última luz, ata que descubriron unha muller, co seu fillo ás costas, axeonllada á beira do seu home morto pola mordedura dunha serpe. O seu home érao todo para ela, non só dende o punto de vista afectivo, senón tamén material e di Camille que escoitar o pranto desconsolado da muller soa na noite, no centro do bosque sen vida, conmoveuno como nada o conmovera antes e deulle por pensar que aquel era o pranto de África, ese que non se escoita e que, se cadra só se produce cando nos intres de soidade cada muller pensa no futuro.

# 5. Omar e as etnias

O noso chofer Omar forma parte da etnia dominante en Níxer, a dos hausa. Tamén Abdú. Aproximadamente a metade da poboación (4.300.000) pertence a este grupo. Logo veñen os fulani ou peul (1.350.000), os bérberes (1.325.000) e os tuareg (720.000). Unha serie de grupos, en número menor, completan o mosaico etnográfico do país, ata chegar a eses case dez millóns de habitantes que aparecen nos libros e nas páxinas da rede: bororo, buduma, daza, dendi, gurma, kanembu, kanuri, moros, shuwa, soninke e teda. Francés, hausa e peul son as principais linguas oficiais, aínda que é posible escoitar outras falas nos mercados e aldeas. Tampouco non todo o mundo fala francés, como teremos ocasión de comprobar nos poboados máis extremos do territorio rural que imos visitar.

Os peul, tamén chamados fulani ou fulbe que ese é o seu nome en lingua propia, son altos e delgados, de pelo rizo e ademáns aristocráticos. As mulleres adornan a cabeza cunhas trenzas característ007icas. Veremos algúns, sobre todo algunhas, nos centros nutricionais e nos mercados.

Os tuareg tamén son altos. Cubertos con turbantes de cores, vestidos sempre coas roupas frouxas do deserto, o seu ademán, as olladas, o porte, amosan unha dignidade intacta, malia os desastres e conflitos últimos. Os panos azuis que protexen as cabezas das mulleres semellan o firmamento posterior ao solpor. Os tuareg son habitantes da terra, transeúntes dun deserto sen fronteiras, dende o Nilo ata o Níxer, de mar a mar, territorio polo que sempre puideron deambular en liberdade. Seguro que, de os coñecer, farían seus os versos de Rosalía de Castro en *Follas novas*.

*¡Ánimo, compañeiros!*
*Toda a terra é dos homes.*

A historia dos tuareg non se mide polas referencias cronolóxicas do calendario occidental, senón polo acontecemento máis importante que abre ou determina un momento singular e histórico, dende o punto de vista da comunidade. Así, o período anterior e posterior ao ano 1917, cando a última rebelión tuareg contra a ocupación francesa, denomínase aínda hoxe: *away wa d irrez amana,* que podería traducirse como o tempo da insubmisión.

Dende 1989 ata 1995, consolidado xa o modelo dependente da independencia de Níxer, sucédense unha serie de acontecementos de gran transcendencia para esta colectividade e que lembran por ser o período da morte dos seus principais líderes e tamén polos conflitos co goberno de Niamey. Durante ese período vai ter lugar unha guerra da que pouco ou nada se soubo no mundo do norte, o da civilización e a información; guerra silenciada na que, como sucede sempre, a parte máis débil padeceu humillación, violencia, represión, cadea, tortura e morte. A guerra dos tuareg de Níxer, en defensa do seu xeito de vida, durou cinco anos. O ano 1995, lembrado como o da morte do gran líder Mano Dayak, será tamén o da sinatura dos acordos de paz de Uagadudu. Dende entón, algúns tuareg esfórzanse por levar unha vida sedentaria, dedicados a unha agricultura pobre, castigada pola seca e polas pragas sucesivas. Outros recicláronse cara ao turismo, conscientes de que tanto o deserto coma eles mesmos son obxecto de curiosidade e de atracción turística e agora gustan de posar diante das cámaras dixitais nas que se poden mirar. Moitos aínda exercen o pastoreo nómade, limitados por fronteiras que non comprenden; uns poucos fixéronse soldados e algún traballa para unha ONG, como fai Mohamed, o chofer da base de ACF en Mayahi que nos leva de visita ata o hospital e de regreso amósanos a vila. Home simpático, respectado polos outros traballadores da base, casado cunha francesa, cada ano pasa as vacacións en Cadaqués.

Esther, a cooperante da base de Mayahi que máis repara nestas cousas, cóntanos que os tuareg reservan a primeira auga de té, a máis aceda, para o home, pois vai co seu carácter; para a muller é a segunda, doce e fértil e, para os cativos, a última, suave e aínda feble coma un fío de vida.

Non hai un trazo común que defina os hausa, se cadra, a intensidade da cor, dunha negritude extrema, pero no conxunto que forman atopamos persoas altas e baixas, miúdas e robustas, grosas e magras, elegantes e chocalleiras.

Posiblemente é na mestizaxe, na ausencia dun único elemento de referencia principal e común, na capacidade de adaptación, onde reside a superioridade e supremacía que os hausa ostentan sobre as outras etnias. En moitas meixelas advertimos unha marca, a identificación da tribo de pertenza gravada no rostro a ferro e lume.

Os hausa enterran moi preto aos seres queridos. Nun mundo animista coma este, a proximidade dos lugares de enterramento garante a relación cos espíritos dos que se foron antes. Por iso no mundo rural, en cada cercado familiar que acolle as pallozas da vida –non os celeiros, *tahoua*, aliñados no exterior– á beira da horta hai un lugar para enterrar. Os tuareg, en troques, consideran que calquera lugar é bo para acoller a un ser querido, xa que a terra e o ceo, en toda a súa extensión, son a patria irrenunciable do home.

## 6. A eclipse e a relixión

A relixión dominante en Níxer é a islámica. Humildes mesquitas, que semellan casas de monecas coas paredes pintadas de azul ceo e a media lúa de amarelo, xorden a cada pouco, no centro de aldeas de tamaño medio. Hai outras aínda máis pobres, ao aire libre, baixo cubertos de cana e, sobre a terra, esteiras e alfombras vellas. A xente, principalmente os homes, congréganse nelas nas horas da oración, chamados polo muecín que os convoca cos versos do Corán, recitados en árabe. É común camiñar cunha especie de teteira plástica que as mulleres portan na cabeza e os homes na man e que contén a auga escasa, nun país sen auga, para a ablución.

Tamén Omar procura cumprir co precepto. É el quen nos conta que, ás veces, para poder desenvolver traballos coma o seu, existe unha dispensa que permite orar fóra de hora e de lugar. Así, en calquera recuncho no que paramos, sexa para botar combustible ou para estirar as pernas, aínda no máis indigno ou inhóspito, vémolo coller a súa breve alfombra que garda no maleteiro do coche e afastarse do grupo, dirixíndose ben á sombra dunha matogueira ou dunha árbore, á beira dunha latrina ou á mesquita, onde axeonllado e descalzo, logo de mollar os pés e as mans, dirixe a súa pregaria cara á Meca, que todos os lugares, por indignos que semellen, teñen o privilexio de albergar a Alá, condición que os salva e que os iguala.

Vista a súa fe, non compartida por Abdú, preguntámoslle polo seu matrimonio. Recoñece que a lei lle dá a oportunidade de casar catro veces, pero el só o fixo unha, cunha muller coa que ten dous fillos. Catro mulleres moitos cartos!, exclama nun francés pronunciado a golpes e escachando co riso. É el quen nos informa que os sacerdotes das outras relixións minoritarias, oran e predican en francés, hausa ou en calquera outra das linguas faladas polos membros da súa comunidade. Só os oficiantes islámicos empregan o árabe, lingua que a xente non comprende e, porén, ou, se cadra por iso, segue sendo relixión maioritaria.

Malia o dominio do islamismo ou por debaixo deste, alenta o animismo, esa crenza que atribúe a todos os seres do universo, materiais e inmateriais, orgánicos ou inorgánicos, unha alma coma a dos homes; crenza que se afirma na existencia de espíritos que condicionan a vida da xente. É o espírito quen mata ao neno e non a fame, é o espírito quen posúe e domina, quen provoca o cangazo que derrota.

Nunha terra tan precaria e de clima tan extremo coma este, os mínimos cambios que a actividade humana introduce no ecosistema poden ter consecuencias insospeitadas, aínda que noutros lugares non resulten significativos.

Hai meses sucedeu unha eclipse. Durante un tempo o día fíxose noite e o fenómeno chamou a atención de todos, tamén das axencias de viaxes, que organizaron excursións de turistas a Agadez, un dos sitios do planeta nos que mellor se puido observar o fenómeno astronómico.

A historia vén sendo que, aquí, este é outro ano raro dende o punto de vista climático, como o foron os anteriores, con secas e pragas de lagostas. Este ano semella que tampouco a calor chega nin no seu momento, nin na dimensión suficiente como para quentar a terra ata o punto de provocar as chuvias do mes de xuño, esenciais para a vida e as colleitas. Segundo nos explican, a ecuación é: calor extraordinario en abril e maio e chuvia en xuño. Pero nestes días de abril todo é unha calima que desdebuxa o horizonte e as formas. Na memoria das xentes de Tchaki o mal dos anos anteriores xa foi esquecido e agora culpan da falta de calor á eclipse, ao cabo foi o sol quen se deixou vencer, ocultándose coma nun mal agoiro.

Supoñemos que, en realidade, o que acontece é que tamén aquí, sen que os nixerinos o saiban, están a chegar os efectos do cambio climático. Dese xeito, os habitantes do país máis pobre do planeta, padecen as consecuencias da contaminación das industrias do primeiro mundo. Alguén nos conta que os científicos andan preocupados co dano que a capa de ozono padece tamén nesta rexión do trópico.

Uns botaranlle a culpa dos seus males á eclipse, mentres escoitan ao sacerdote que lles fala en árabe. Haberá quen especule coa escaseza e coa fame e, nun territorio afastado, outros seguirán discutindo polas correspondentes cotas de exterminio. Coma sempre, a ecuación non será a mesma en todas as partes.

# 7. O ouro e a cartelería da Sida

Dende a primeira noite, cando cansos e sen equipaxe nos tras-
ladamos dende o aeroporto ao hotel Nikki en Niamey, a car-
telería sobre a SIDA é unha constante que nos acompaña alá
onde imos. Maiormente escrita en francés, un pregúntase pola
súa eficacia, se unha parte importante da poboación –porcen-
taxe altísima entre as mulleres– é analfabeta.

Contra a SIDA, abstinencia, é o slogan máis repetido e non
podemos deixar de relacionar este consello co feito de que Níxer
sexa o país con maior índice de partos por muller, oito de
media, o que non é indicador de abstinencia sexual, aínda que,
se cadra, a xente entende que o cartel fai referencia á abstinen-
cia fóra do matrimonio, aconsellando pórlle couto á promiscui-
dade, que é posible que a familia sexa o ámbito de protección
contra a síndrome de inmunodeficiencia, idea coa que estaría
de acordo a Igrexa católica.

O último día, Amadú informáranos de que ata hai ben
pouco Níxer estaba libre desta pandemia, pero que pouco a
pouco vai penetrando polo suroeste, a través das fronteiras con
Burkina Faso, Benin e Nixeria, portado polos traballadores

das minas de ouro e polos milleiros de prostitutas que van detrás, porque Níxer non só ten uranio no deserto do norte, senón tamén, e cara ao sur, o máis prezado dos metais segundo a valoración do home. Un pensa nunha especie de Quimera do ouro protagonizada por xentes de cor e non por Chaplin e os seus compañeiros, tendo por paisaxe as ribeiras do río Níxer e as sabanas, onde os males non son só a fame e a cobiza, senón tamén a transmisión sexual da enfermidade que martiriza África.

Ryszard Kapuscinski conta en *Ébano*, ese libro fundamental para quen queira aproximarse a unha visión global do continente africano que, noutro tempo, ouro e sal tiñan un valor semellante, e fala dun xeito de comerciar que, se cadra, ilustra as diferenzas e rivalidades que aínda hoxe existen entre os habitantes do deserto do norte e a chaira do Sahel e a sabana próxima ao río e ao mar. Di que antes, no século XV, e cita como referencia ao mercader veneciano Alvise de Ca'da Mosto, os nómades do norte, árabes e tuareg, chegaban ás ribeiras do río co sal que portaban sobre a cabeza os seus escravos. Colocábano en montóns sobre a terra, retirándose logo a unha distancia que impedía o contacto físico cos habitantes do río que, navegando en canoas de madeira, se achegaban á ringleira de pequenos outeiros salinos e deixaban á beira a cantidade de ouro que consideraban, en función do valor que lle daban ao sal. Tamén eles se retiraban logo, permitindo así que se achegasen de novo os mercaderes do norte, que, se estaban de acordo co trato, collían o ouro e marchaban e, no caso contrario, deixaban sen tocar ouro e sal, o que permitía un segundo axuste por parte dos habitantes do río, que podían incrementar o ouro ofrecido ou rachar definitivamente o trato, recollendo o que era deles e regresando á casa. Este trato comercial tan singular coñecíase como comercio mudo.

Amadú infórmanos tamén de que as principais campañas de información sobre os perigos da SIDA son as realizadas en días de mercado por grupos de teatro ou de música, que ilustran a poboación con sinxelas representacións e con cancións e lembro que no cine, outra vez e sempre o cine, na película «O xardineiro fiel», aparecen recollidas estas iniciativas. A música e a palabra para rachar co silencio da cartelería muda da SIDA.

# 8. O Kwash

No CRENAM –centro de recuperación nutricional ambulato-
ria– que ACF mantén en Zango Oumara, vemos por vez pri-
meira o rostro da desnutrición, que é como verlle a cara á
fame, se cadra, á morte.

A estampa colorista das mulleres co fillo ás costas, que
reciben formación para a saúde á sombra da grande árbore que
aquí chaman gao, ou que agardan para entrar no Centro, orde-
nadas en pacientes ringleiras baixo o sol da mañá, que aproxi-
ma a temperatura aos cincuenta graos, deixa paso no interior
do ambulatorio ao ambiente típico dun dispensario, semellan-
te ao de calquera outro lugar destas características, se ben aquí
non hai tecnoloxía, nin mobiliario, só a necesidade e a ansia
de quen agarda o milagre médico, de quen confía na eficacia
sanitaria. Todas estas mulleres, sexa cal sexa a idade e a condi-
ción social, deixan ao descuberto un ombreiro, normalmente
o esquerdo, amosando unha pel suave que ofrece baixo o sol
unha negritude de brillos. En todas alenta unha forza coma se
nelas agromase a luz.

Son, maiormente, mulleres novas, que o normal aquí é
casar aos 16 ou 17 anos. Segundo nos informa Imma, a muller

de Níxer, en particular a que vive nas chairas extremas de calima e de sol, teñen unha media de oito fillos, a maior taxa de natalidade do mundo. As mulleres sorrín amables e curiosas, dende os seus rostros fermosos, de ollos grandes e é Camilo quen advirte que, como acontece coas cabaceiras en Galicia, o mellor xeito de lles calcular a idade é polos pés. Calzados en chancletas de plástico, deformes, coa pel cuarteada, son eles, os pés, os que advirten das dificultades da vida, da magnitude dos pesos soportados, do envellecemento prematuro, das carencias.

Nun pequeno departamento o enfermeiro pesa, mide e explora aos nenos, subministrándolles, por vía oral e nunha única dose, unha mestura importante de vitaminas e vacinas (vitamina A, ferro, ácido fólico, antiparasitarios, rubéola...), cubrindo logo unha ficha cos datos da exploración e colocándolles, arredor do nocello, a pulseira de cor que indicará, pola folgura, a evolución nutricional da nena ou do neno.

O circuíto continúa no interior coas nais que se achegan ao pequeno almacén onde reciben o saco de cereal e a bolsa de plástico co complemento nutricional. Pero non todas marchan para a casa co saco na cabeza e a bolsa na man. Algunhas, nais de casos de especial gravidade, son retidas nun pequeno cuarto no que agardan a chegada do vehículo que as levará ao hospital da base de Mayahi, o denominado CRENIN –centro de recuperación nutricional intensivo–.

Descubrimos aquí algo que corroboraremos no hospital: os leitos dos nenos son os corpos das nais. En corpo e alma, así é como elas vencellan o seu destino ao do fillo enfermo. É tamén aquí onde vemos o primeiro caso de Kwashiorkor, paradoxal expresión da malnutrición aguda que, por retención de líquidos, fai engordar falsamente ao cativo, proceso que normalmente remata coa morte. Ao neno de rostro tristísimo que temos diante, non se lle ven os ollos, ocultos polas pálpebras e as fazulas inchadas. Xunto a el, outra nai sostén no colo un fillo que amosa a outra cara da mesma enfermidade, a delgadeza extrema, a imaxe que todos temos do andazo da fame.

# 9. No hospital

Na súa modestia, o hospital de ACF en Mayahi merece atención. Sen tecnoloxía, sen grandes equipamentos, ofrece vocación, profesionalidade, entrega e imaxinación, amais de acollida e limpeza, garantindo a recuperación dunha alta porcentaxe dos nenos que ingresan nel con problemas de desnutrición. Situado nun espazo pechado, próximo á base, é Clarisse quen o dirixe. De París, enfermeira na área de prematuros dun hospital materno-infantil francés, solicitou dous anos de licenza para traballar aquí. Fáltalle pouco para regresar e alimenta a ilusión de que a organización saberá atopar axiña quen a substitúa. No labor diario axúdana traballadoras locais contratadas por ACF.

Aquí ingresan os nenos que nas exploracións realizadas polos equipos de Imma nos CRENAM das feiras dan como resultado malnutrición aguda. Tamén neste hospital os leitos e os berces son os corpos das nais. Elas, sentadas no chan, acollen aos nenos, que permanecen inmóbiles suxeitos á vida pola súa calor e pola vía do soro que compensa as carencias. Na actualidade, o hospital alberga a corenta e dous nenos coas súas respectivas nais, pero nos momentos de maior crise da fame, entre os anos 2002 e 2004, chegou a contar cada día con cen nenos pacientes e cen nais leitos.

O hospital ten latrinas que non todas as mulleres utilizan, afeitas como están a convivir coa natureza; tamén hai horta con leitugas, cebolas e outras verduras e hortalizas que regan coa auga do pozo. Conta tamén cunha sala de xogos, con andeis nos que repousan xoguetes de madeira e de la, pouco utilizados polos nenos, que prefiren facer do predio e da chaira un inmenso campo de xogos, aínda que non todos son do mesmo criterio. Besiro Abdulai é un claro exemplo de dependencia hospitalaria. A cada pouco ingresa porque fóra enferma e só recupera a sáude no recinto hospitalario. Reincidente, case a mascota do hospital, pasa as horas na porta da sala dos xoguetes, se cadra, imaxinando como serían as aventuras que podería vivir con eles. Pero non é posible, que con tres anos cumpridos, ten o corpo e o peso dun rapaz de un, e non fala nin escoita, que a enfermidade deixou nel unha pegada imborrable.

O aire quente da tarde xoga coa roupa da bogada, tendedeiro multicolor que contrasta coa monotonía da paisaxe. En todo o hospital advírtese un trazo de funcionalidade e de orde que fai pensar que son unicamente mulleres quen traballan aquí.

A estancia media dun neno no hospital oscila entre os vinte días e os dous meses e nese tempo a nai permanece ingresada con el, malia os problemas, as ameazas, malia os desterros. Porén, elas acoden voluntariamente aos CRENAM e aceptan o ingreso no hospital sabedoras de que só alí poden garantir a vida do fillo enfermo.

Imma cóntanos da morte dun neno paciente o día anterior. Hospitalizado coa nai dende había pouco, dous días atrás presentouse no hospital o pai, informando á muller da morte da sogra. Ela viuse na obriga de asistir ao enterro da nai del, aínda que Clarisse e Imma lle advertiron do perigo que corría o fillo, tentando facerlle ver que a sogra, ao cabo, xa estaba morta e nada podía facer por ela; seguiu ao home, guiada ou posuída por un instinto primario, máis alá da razón, desconectando ao neno do soro. Ao enterro si chegou, pero non foi o único ao que asistiu, que ao da sogra seguiu o do fillo.

## 10. Nazara e o himno nacional

Saímos do hospital e camiñamos polas rúas de terra e pó de Mayahi. Mohamed, o tuareg da base, fainos de guía nun percorrido que inclúe o lugar baixo dous grandes gaos onde as mulleres mallan no cereal, o pozo, unha tenda de artigos variados e un xastre. Cae a tarde. Alfonso, pintor de ollada sempre atenta, saíu antes ca nós coa cámara de fotos dixital pendurando do pescozo. Quere recoller rostros, risos, expresións, sentimentos cos que logo poder traballar no estudio. Atopámolo ao dobrar unha esquina, rodeado de mans e de berros. Son máis de cincuenta os nenos que o rodean, todos demandando del unha fotografía, todos desexando verse logo na pantalla da cámara. O animismo aquí non rexeita o retrato, como acontece noutros lugares do mundo onde a crenza é que o fotógrafo, coa imaxe, rouba a alma do ser fotografado. Aquí, homes e mulleres, hausas ou tuareg, déixanse retratar e aínda adoptan o aceno máis digno de que son capaces, só con se saber enfocados.

Agora, os nenos cantan a coro unha canción en homenaxe ao Nazara, o grande home branco, que é así como todos se refiren a Alfonso. A canción que todos quixemos crer popular, é o himno nacional que rapazas e rapaces aprenden na escola.

Non damos moito crédito ao que alguén nos conta, de que Nazara ten que ver con Nazaret, e que ese era o nome con que se coñecía aos mercaderes brancos, xudeus, que ata aquí chegaban en caravana dispostos a comerciar, pero non está mal a literatura que acolle esta historia.

Esta mesma mañá, en Zango Oumara, o noso Nazara sacou do peto un caramelo, o único que tiña, e ofreceullo aos nenos que lle pedían ser retratados. Propúxolles que sería para aquel que acertase en que man o escondía. Tras varias quendas gañou unha rapaza de rostro inocente e fermoso que, en canto recibiu o premio, partiuno cos dentes en catro anacos que repartiu coas súas amigas. Nazara xa non agasalla lambetadas, pero varias ducias de rapaces ofrécenlle o seu enorme sorrriso branco a cambio dun retrato.

Estes serán os que veremos mañá, na visita que faremos á escola, interrompendo a lección do *passé composé*, na clase de francés.

En toda a bisbarra que rodea a Mayahi, non hai outro centro escolar. Só estes nenos que vemos —máis rapaces que rapazas, nunha proporción que calculamos de dez a un— teñen a posibilidade de asistir ás clases. Noutros lugares aqueles cativos que sobreviven á fame, sacan auga dos pozos, coidan o gando entre as miraxes da chaira ou traballan machucando cereal. Noutros lugares desta mesma bisbarra, as nenas e os nenos de hoxe, as mulleres e homes de mañá, nunca saberán que Moustapha Bello Marka é un home bo que escribe as súas historias, as mesmas que eles se contan na escuridade que segue ao solpor, un home que intenta explicar o mundo dende as palabras que comparte con eles, un escritor que soña un futuro de esperanza.

## 11. Os cegos e os tolleitos

Nunha encrucillada, á saída de Zinder, paramos para deliberar sobre o plan de ruta. Rodean os coches un grupo de rapazas e rapaces que comparten unha circunstancia común: todos padecen algunha deformación, algunha limitación, algunha tara física.

Tolleitos e cegos axúdanse, compleméntanse, préstanse aquilo que cada un ten e do que carecen os outros, piden xuntos, comparten as esmolas e pasan as horas do día á beira da estrada, o lugar polo que transita a riqueza.

Sabemos da incidencia da polio entre os nenos nixerinos, tamén entre os adultos. Prevención contra a polio era unha das vacinas que nos administraron antes de vir na oficina de sanidade exterior. As outras eran protección contra a febre amarela, o paludismo, o cólera e a meninxite. A administración dalgunha delas estenderase durante semanas, máis alá do regreso.

Dicir meninxite é lembrar de inmediato a Luísa Villalta, a amiga e compañeira que podería estar aquí, connosco, se esa enfermidade non a tivera levado días antes de iniciar a primeira actividade realizada con ACF, aquel camiño solidario que, dende o Cebreiro a Compostela, fixo nacer a comunidade que hoxe representamos, camiño aquel no que Luísa foi a presenza constante dende a súa ausencia, brillo nos labios e no corazón de todos. No camiño naceu Cultura Solidaria Galega, vontade de voluntarios da cultura que colaboran con ACF, algúns dos cales agora estamos aquí, para coñecer sobre a terra o carácter dos proxectos que acotío defendemos, viaxeiros ou voluntarios que dicimos con Luísa:

*Ven. Escoita atentamente o bulício*
*que chega a nós desde o outro lado das cortinas.*
*Un tumulto con fulgores de prodixio,*
*e tamén de espanto, un murmullo de mundo,*
*de vento e, sobre todo, de voces.*
*Son os viaxeiros.*

Somos os viaxeiros, aínda que as voces son as dos tolleitos e cegos que petan coas mans ou coas muletas nos vidros da fiestra. Toda esa desolación de cuncas oculares baleiras, de olladas extraviadas, de cotos, de parálise, de precariedade que reclama atención, non é máis ca revelación de que o marxinal expulsa ao marxinal, obrigándoo a unha supervivencia imposible neste medio hostil por pobre. A vida de esmolante evidencia que non hai integración nun mundo no que os inválidos son apartados do corpo social, obrigados a se incorporar á comunidade dos máis desfavorecidos, nun mundo que xa o é en por si, coma vellos leóns expulsados da manda, que se xuntan para sobrevivir.

Alguén nos di que moitas das cegueiras que observamos teñen que ver co xeito en que as nais levan aos fillos, envoltos nun grande pano que cruzado sobre o ombreiro, fai que a criatura permaneza nas costas da nai, co rostro cara ao ceo, men-

tres ela traballa e vai e vén ás cousas de diario, flexionando o corpo pola cintura ata formar, co cu arriba de todo coma vértice, un ángulo agudo que se pechase sobre si ata perder valor, os cero graos coa cabeza a altura dos xeonllos, as pernas estiradas e as mans traballando no chan. Aí, os olliños dos nenos que descobren o mundo, padecen a debilidade das moscas, que andan todo o tempo dando voltas arredor e que, final e fatalmente, depositan os ovos no lacrimal onde eclosionan, dando lugar aos vermes que se alimentan do ollo, devorándoo todo ata o nervio óptico. Oftalmomiose, chámase o resultado do mal, pero non é a única ameaza ocular, que tamén causa cegueira o tracoma, enfermidade de transmisión sexual, frecuente nestas xeografías.

Dende a xanela do coche advirto un rostro fermosísimo que se achega a nós anticipando un enorme sorriso de dentes branquísimos e expresión inocente. Se cadra, é esta a rapaza máis fermosa que vin dende que chegamos, quizais non vexa outro rostro tan fermoso e que me emocione tanto de aquí a que marchemos. Ela óllame dende a súa deformación e non comprende a mágoa, quizais tamén o horror que sen querer proxecta máis alá do cristal, o horror que reflicten os meus ollos. Ela vén cara a min camiñando sobre as mans nas que calza alpargatas e sobre os xeonllos que protexe cunhas xeonlleiras de caucho. Os pés deformes proxéctanse cara ao ceo coma antenas ou protuberancias dun insecto enorme. Non podo evitar un pensamento cruel que me atravesa sen que atope defensa contra el. A rapaciña camiña coma un animal, cismo durante un tempo brevísimo, vendo como se me achega o seu sorriso que é unha provocación, sabéndoa detida xa á beira da porta, ollando cara a min coa cabeza revirada e os ollos enormes que me buscan máis alá do brillo da luz contra o cristal.

Rexeito o pensamento que me traizoa ou define, busco os seus ollos cos meus e sinto a calor das bágoas, das miñas bágoas, e agora son eu quen ignora se choro por África, por ela ou se choro por min.

## 12. A voltas coa liberdade

Níxer pasa por unha situación de tal gravidade que un semanario da capital, no editorial do número 18 de primeiros de abril, preguntábase se non perigaría a propia democracia nixerina. Os datos nos que fundamentaba esta cuestión resultaban demoledores: redución do PIB; incremento do déficit; baixa na taxa de escolarización; 50% da poboación sen acceso a auga potable e degradación da saúde, cun 68% dos habitantes sen médico que os atenda e un incremento da pandemia da SIDA polo suroeste do país, onde as minas de ouro.

Os nixerinos están orgullosos de ter acadado un sistema democrático que lles permite falar e escribir sen censura e sen medo, pero é posible, na situación descrita, que a liberdade sexa a variable máis feble e inocente de cantas compoñen o panorama do país, sendo as outras o andazo da fame, a extrema pobreza e a morte. Na situación económica descrita non é posible garantir o dereito á vida, ao traballo, á dignidade, esenciais para calquera democracia constitucional.

Por moito que o goberno se empeñe en negalo, hai fame en Níxer. Se cadra, non falamos da crise alimentaria que tivo o seu punto máis tráxico no ano 2004, pero a fame existe e afecta, sobre todo e coma sempre, a unha alta porcentaxe da poboación infantil. Cento corenta de cada mil nenos están condenados a morrer por falta de alimentos, velaí a razón pola que o número de fillos por muller, oito, sitúa a Níxer, por unha vez, no primeiro lugar das estatísticas mundiais, trátase de garantir a pervivencia da estirpe ou da especie, moitos fillos para que sobreviva algún.

Quizais as causas do mal estiveron xa no principio, cando a independencia de Francia, metrópole que forzou a Níxer a unha relación de submisión, o que levou ao partido Sawaba, dirixido por Djibo Bakary, a pedir o non no referendo sobre a independencia convocado en setembro de 1958, situación paradoxal, xa que este era o partido que lideraba o proceso de liberdade e de identidade nacional de Níxer. Hoxe fálase xa sen reparo de que aquel referendo estivo amañado por Francia, decidida a evitar modelos coma o alxeriano.

Omar, o chofer que nos leva dun lado para o outro polas estradas e pistas, o noso compañeiro hausa e relixioso, resulta ser home retranqueiro, de exclamación fácil, aínda que pouco expresivo, ser intelixente que sabe xogar con eficacia o seu papel de distancia e, ao tempo, coidador responsable. Nunha das precarias peaxes entre Niamey e Maradi –unha corda de nós tendida sobre o asfalto– mantén o seguinte diálogo co militar ao cargo da instalación:

Imos a Maradi
Maradi?
Si, a Maradi
Dous vehículos?
Si, Acción contra a fame
Fame?, nós non temos fame...

A autoridade nunca ten fame... –e os dous escachan a rir, mentres o militar baixa a corda de nós e Omar pon en marcha o coche.

## 13. Memoria histórica: o partido Sawaba

Xa o di a canción, e o verso, e o refrán, as cousas que pasaron non moven muíño, nin teñen volta. Iso que é algo sabido, pueril por obvio, non sempre é así. Hai momentos nos que debemos ollar atrás e decatármonos de que todo puido ser doutro xeito, que houbo un intre, un instante fugaz na dúbida dunha encrucillada, no que o futuro tomou un camiño e non outro e, se a decisión non se debeu exclusivamente a unha opción persoal ou colectiva madura, froito da reflexión e do convencemento, senón que, dalgún xeito, fomos animados, convidados ou impelidos a tirar nunha dirección, o feito de saber que foi o que nos influíu e saber o que resultou parece importante, sobre todo porque é posible, para os individuos e para as sociedades, aprender dos erros, aínda que para iso é imprescindible saber que existiron. A revisión, ademais, semella unha obriga cando as cousas non foron como se soñaban, cando todo foi a peor, cando o país no que toca vivir ocupa o último lugar na lista da riqueza, o primeiro no da pobreza.

A historia do partido Sawaba é unha desas historias esquecidas, arrombadas, borradas das crónicas por aqueles que a escriben e un, que é de sempre afrancesado, como o eran Goya ou o marqués de Sargadelos, sabe que Francia, coma calquera outro país, e isto non é desculpa, ten cousas das que se arrepentir e das que se avergoñar, se cadra, tamén polas que pedir público perdón, porque nesta historia silenciada, Francia, o gaullismo, xogou ou xogaron un papel transcendental que acaso condenou á miseria a millóns de seres humanos. Non sabemos como serían as cousas se o camiño seguido fose outro, pero sabemos onde está Níxer e cal é a situación na que viven as súas xentes e, só iso, lexitima a reflexión. Iso é o que fixo Klas van Walraven, investigador da universidade de Leinden. En setembro de 1958 celébrase o referendo de independencia en Níxer. É Francia, a metrópole, quen o convoca. O referendo chega como consecuencia do proceso descolonizador que vive África, pero tamén pola reivindicación da poboación de Níxer, en particular dun partido, o Sawaba, liderado por Djibo Bakary, recoñecido como home de forte personalidade, carismático, con grandes capacidades organizativas, que é quen de artellar un partido de masas que loita pola independencia e de lle presentar á xente un proxecto político que tiña como vocación a transformación da sociedade.

Os sawaba soñaban coa independencia, pero non desexaban unha ruptura radical con Francia ou unha transformación revolucionaria das relacións internacionais; pero si formulaban revisar a relación coa metrópole e cuestionar a cota de interese francés no chan nixerino. Francia, que xa cedera máis da conta en Alxeria, insiste na submisión total dos territorios africanos que cobizan ser libres, tamén de Níxer, control que debe exercerse a través da Comunidade Francesa.

A submisión era algo que o partido de Djibu Bakary non podía aceptar, por iso reclama o non no referendo. A pregunta que debía responder a poboación era: Independencia inmediata, votando NON, adhesión á Comunidade Francesa, votando SI; polo que o non viña sendo un si e este un non, cousas da retórica política que rematan colocando os pobos en situacións límite. No ano 1956 celebráranse as primeiras eleccións municipais e Djibu Bakary sairá elixido alcalde de Niamey. En 1957, nunhas lexislativas que anticipaban o referendo, os sawaba obtiñan 41 deputados contra os 19 da RDA de Diori Hamani, polo que Bakary é designado vicepresidente do consello que debe levar ao país á independencia. Que sucedeu para cambiar a intención de voto ata o resultado da consulta pola independencia?, que supón o triunfo da opción «si pero non» defendida por Francia e polo RDA?

Amais de formular unha pregunta trampa, un engano masivo, hoxe sabemos que Francia non xogou limpo naquel proceso. Existen probas de presión e de fraude. Nesa situación, os sawaba saen do sistema, constitúense en movemento armado e pasan á clandestinidade. En agosto de 1960 Diori Hamani é elixido primeiro presidente da República de Níxer. A roupa coa que toma posesión consérvase nunha urna de cristal no museo nacional e o aeroporto internacional de Niamey leva o seu nome.

A historia dos sawaba pasa a ser entón a crónica dunha derrota, na que non faltan as torturas, a vulneración dos dereitos humanos, a morte. Djibo Bakary marcha ao exilio: Ghana, Mali, China e Guinea, atrás deixa o soño de liberdade para o seu país, liberdade ou dereito a elixir o propio destino que proclama acotío o premio Nobel de Literatura, nixerino de nacemento e africano de nación, Wole Soyinka.

Mamadou Tandja recuperou o poder civil no seu país no ano 1999, logo dun período de ditaduras militares, das que tamén foi vítima, ao ser derrocado por un golpe militar o 18 de febreiro de 2010. Dende o pouco coñecemento que eu teño da realidade e os pouco datos que manexo, intúo que as cousas en Níxer puideron ser doutro xeito dende o principio. Por iso, en cada estrela que Esther devolve ao mar, en cada vida salvada por UNICEF, HELP, ACF ou Médicos Sen Fronteiras, pode estar xermolando a fortaleza e o carisma dun novo Djibo Bakary ou algunha outra ollada, algunha palabra que permita que en Níxer agrome a esperanza.

## 14. Día de mercado en Issawane

Rompe o día e dende todos os extremos da rosa dos ventos, sos ou amparados na forza do clan e da tribo, a lombos de burro, de cabalo ou de dromedario, a pé ou en carro, en bicicleta chinesa ou en furgonetas fatigadas de area e ateigadas de carga e de homes ata perder a forma e desaparecer, Issawane convoca aos habitantes das aldeas da contorna e aos poboadores dos límites da chaira. Dende todos os recunchos da nada, como xurdindo do baleiro, avanzan coma posuídos cara a un obxectivo común: Issawane. É día de mercado e alguén conta que as mulleres tuareg que vemos cos seus fillos na cola do centro nutricional saíron da casa ás dúas da mañá para vir ata aquí aproveitando o transporte dos mercaderes.

Nós, os viaxeiros, chegamos logo de deambular máis de unha hora pola xeografía inmensa da chaira, sen pista que nos oriente, seguindo o alento dos grupos que marchan diante e que adiantamos, para axiña buscar o ronsel dos seguintes; o coche batendo contra as pólas de matogueira e sepultándose na area, como lle aconteceu ao que conduce Abdú, ao pouco de saír de Mayahi. Pouco afeitos a estas travesías, imos abaneando dun lado para outro no interior do vehículo e, ás veces, algún de nós bate coa cabeza contra a chapa.

Aínda é cedo cando pisamos terra. O espazo do mercado ordénase en cuadrículas e estas en parcelas protexidas do sol por un cuberto de cana baixo o que se deitan os homes que fan garda á espera de que dea comezo a actividade comercial. Máis alá do límite das sombras, as rúas e os carreiros calcinados polo sol da mañá, o pó de area finísima e gris, un balbordo invisible e incesante que posúe o aire.

As mulleres de Issawane traballan moendo cereal, preparando a terra para a colleita próxima, desprazándose á procura de auga ou facendo cola cos fillos no colo ou ás costas, diante da porta do centro nutricional. Os nenos sen escola colaboran nos traballos ou deixan pasar as horas entre a calor e as moscas. Son eles quen arrean os burros que sacan auga do pozo. Os burros son dous, cada un terma dunha corda e eleva un depósito semellante aos que penduran dos helicópteros que loitan contra o lume, pero non de metal, senón de plástico.

Pola lonxitude da corda calculamos que a auga está situada a oitenta metros de profundidade. No chan debúxanse os carreiros polos que antes transitaron xeracións de burros, miles de tránsitos coma estes que hoxe vemos. Cando a fatiga dos burros nos lles permite dar un paso máis, son substituídos por vacas de cornas enormes. O pozo é o centro da vida e lugar obrigado de paso para o gando que se detén a abebevar antes de ocupar o seu lugar na feira. Tamén para os tuareg que chegan en cabalos adornados, vestidos coas túnicas azuis ou negras, coas súas espadas na cintura e a súa dignidade de xente de mundo.

A oración do imán elévase por riba da aldea medieval. As vivendas circulares, con paredes de barro secado ao sol e cubertas de colmo, organízanse en grupos familiares rodeados dun peche de canizo. Os canastros ou celeiros, aquí chamados *tahoua* ordénanse en fileiras fóra da aldea. O millo miúdo é o alimento esencial, pero dende hai dous anos os canastros non se enchen. Cheos ou baleiros, son as mulleres quen procuran o cereal que gardan, pero é o home quen administra o uso da chave da porta, que sempre está con el.

Á sombra dos gaos, esas enormes árbores da sede, unha voluntaria de ACF instrúe a un nutrido grupo de mulleres sobre como manter a hixiene no ámbito familiar, como economizar auga, como potabilizala. Algunhas regresan para a casa, cargadas cos sacos de fariña e coas bolsas de aceite e de azucre que xa vimos en Zango Oumara.

Agora, cumprida xa a mañá, unha multitude de xente rodea o espazo do mercado situado nas aforas da aldea. Véndese de todo, principalmente material plástico, pero tamén algunha artesanía en madeira e coiro; pano de fibra e en cantidade menor de algodón; leña, combustible principal e fonte de luz polas noites no interior das pallozas, e gando variado: cabras, ovellas, vacas, camelos, burros e dromedarios. Baixo as sombras os homes agardan deitados polos compradores. Ninguén ten présa por vender nin por marchar. O día é o mercado, a vida o que o azar depare.

## 15. O poder amarelo

Na sobremesa dun xantar en Mayahi, deixando pasar as horas de exceso de calor e de luz, alguén comenta que China asumiu unha parte da débeda que os países africanos teñen contraído co Fondo Monetario Internacional e cos países occidentais. Níxer está entre os favorecidos por esta estratexia. Se cadra, isto explica a penetración que observamos, sobre todo no que se refire a bens de consumo, penetración menos visible ca a dos establecementos comerciais que nos afecta a nós e ás nosas cidades, pero de moito máis calado, xa que está presente en case todos os actos da vida dos habitantes de Níxer.

Chinesas son as bicicletas de cor azul que vemos polas rúas das cidades e na estrada pola que transitamos. Tamén o son as motocicletas de panza niquelada e motor de dous tempos, segundo informa Suso, que sabe destas máquinas, nas que se moven algúns xefes de aldea. Todas as chancletas que calzan mulleres, nenos, homes e vellos proveñen da China e tamén as teteiras de plástico que as mulleres portan na cabeza e os homes na man, en que transportan a auga para o lavatorio previo á oración.

No mercado de Issawane, axudado por Abdú, que fai de intérprete, merco dous panos de tea de cores vivas, a mesma tea e as mesmas cores que visten as mulleres. No cadillo lateral figura impresa unha lenda que informa da procedencia. O algodón, de boa calidade, é de Nixeria, o tintado ou a impresión da cor faise na China, de onde proveñen tamén os pratos nos que nos serven o xantar nos restaurantes.

Chineses eran os xoguetes de plástico que vimos o primeiro día no bazar onde mercamos o esencial para sobrevivir á perda da equipaxe e tamén as pilas que os fan funcionar.

O último día, observando a posta de sol sobre o río azul dende a terraza do Grande Hotel, mentres agardamos que chegue a hora de coller o avión de regreso, Amadú cóntanos que son chinesas as principais empresas que traballan na procura da auga, ben tan necesario nun país que ten só este río que vemos e un deserto inmenso cara ao norte.

Preto de nós, un grupo de vinte e tantos homes de ollos oblicuos e pel pálida, todos vestidos de camisa branca, cean brochetas de capitán, o peixe do Níxer, e a sensación que temos cando os vemos rir, comer, observando a relación que manteñen co servizo, é de que, quizais, para ben ou para mal e dende a certeza de que occidente non é a medida absoluta de nada, estamos diante dun novo proceso de colonización, moito máis sutil, non sabemos se mellor ou peor, pero de gran calado.

## 16. Un plan para as mulleres luz

Son varios os *Plan Galicia* dos que os galegos gardamos memoria. O último tivo que ver co Prestige e a marea negra que o seu naufraxio causou nas nosas costas, pero antes, a mediados da década dos noventa do pasado século, existiu outro, que pretendía promover a formación e a profesionalización das mulleres do mar. Un semellante desenvolven ACF e UNICEF dende a base de Mayahi, do que é responsable Amina, unha traballadora nativa, implicada en buscar alernativas de futuro para as mulleres do seu país.

Xúntase connosco en Issawane e con ela imos a Tchaki, para que nos amose o traballo dun dos grupos de mulleres que coordina e que consiste en sementar variedades de maní, co obxecto de comprobar a velocidade de crecemento, a cantidade producida por cada planta e a resistencia ás condicións extremas desta xeografía. Convén dicir que o maní e o aceite que del se obtén, son parte fundamental da dieta familiar e da economía da colectividade, nesta zona de Níxer.

O campo onde traballan é préstamo do home máis rico da aldea, cedido mentres non lle chega a el o tempo da sementei-

ra, momento no que o recupera, polo que as mulleres están obrigadas a obter resultados contra natura, fóra de estación, así que non é estraño que acepten colleitar logo, na hortiña que cavan ao pé de cada casa, as plantas que mellor sobrevivan a tan precarias condicións.

Amina vainas convocando mentres cruzamos a aldea. Vémonos todos no eirado, xunto ao pozo comunal, pero axiña, cando elas inician a súa explicación, chega o xefe da aldea, pilotando a súa moto Royal con motor de dous tempos, toda chea de brillos e de fabricación chinesa.

Sitúase no centro, toma a palabra e as mulleres asumen o seu papel, relegadas a un terceiro plano, que o segundo corresponde á corte de acólitos do xefe e que chegaron correndo tras da moto.

O xefe é alto, cóbrese con birrete, viste saial azul, loce reloxo dourado no pulso e calza zapatos de pel marrón, con sola e cordel, cos que pisa, sen escrúpulos, os agromos de maní que as mulleres miman no programa de cohesión e desenvolvemento social.

Aprendemos que aquí, a autoridade, igual que a idade das mulleres, advírtese polos pés, que o resto da xente calza chancletas de plástico con tira entre as dedas. O xefe ten resposta para todo, agás para o clima e para explicar cal é a razón pola que, cando marchamos, estreitamos as mans das mulleres de branquísimo sorriso, pero non a del, nin as dos seus acólitos.

# 17. Xeografías

O Sahel é un vasto territorio situado ao sur do deserto do Sahara e ao norte da sabana, que vai dende o océano Atlántico ata o lago Chad. Comprende unha extensión de máis de un millón de quilómetros cadrados e, segundo resolución da ONU, pertence a seis estados: Mauritania, Senegal, Mali, Burkina Faso, Níxer e Nixeria. Nel procuran a vida quince millóns de persoas, cultivando millo miúdo e maní e mantendo unha gandería de cabras e de vacas de cornas enormes e de carne escasa.

O proxecto que xustifica este libro, aínda que tomou a Níxer como referencia principal, naceu coa vocación de se expandir á totalidade desta xeografía árida, castigada polas secas e as pragas, problemática para a supervivencia: «A franxa do Sahel: rachar co silencio», velaí o título que anticipaba a intención da viaxe e da crónica.

O mar é historia, escribiu Derek Walcott. Níxer non ten mar, como tampouco o teñen Mali ou Burkina Faso, tamén instalados na necesidade, quizais fóra da historia. Se cadra, cismo eu ás veces, os países sen mar viven coma ensimesmados, privados da ilimitada referencia dun horizonte aberto, misterio no que agroman os soños. O mar dá de comer, pero non acredita a fartura, porén, se contemplamos o mapa e buscamos algunhas constantes que nos axuden a comprender mellor a xeografía política do planeta, comprobaremos que, agás Suíza, todos os demais estados sen litoral combaten contra as sombras. Suíza fíxose forte nun territorio historicamente estratéxico e aprendeu a convivir con intereses diversos, comprendeu o universo dende diversas linguas, comerciou con todos e a todos acolleu como referencia neutral cando estouparon as treboadas sobre os bosques e as gándaras, cando a sen razón quebrou a vida de varias xeracións, en conflitos que seguen a ser sinónimo de barbarie.

O territorio de checos, eslovenos, romaneses e austríacos é consecuencia de procesos históricos complexos, falamos de pobos que perderon a condición marítima que quizais algunha vez tiveron. Sen mar sabemos a Afganistán, Laos, Chad, Zambia, República Centroafricana, Uganda, Ruanda, Malawi, Zimbawe, Botswana, Nepal, Bután, Mongolia, Bolivia e Paraguai, todos pendurando do fío, xogando no gume, afastados dos aires anovados do abalo e do devalo, tropezando para seguirlle o paso a un mundo que non repara en quen queda atrás, subido como vai á roda da tecnoloxía e do consumo, atento á economía, pendente da apertura e do peche dos parqués do intanxible, insensible á evidencia corpórea da fame.

Ter mar tampouco é garante de prosperidade, velaí Senegal, largando fráxiles embarcacións contra a morte e contra a nada; Etiopía, hoxe en mellor situación que noutrora, pero sen deixar de pertencer ao mundo máis pobre; Somalia, un dos territorios máis perigosos da terra, actualmente e cando Rimbaud traficaba con armas por esa xeografía de sal; Haití que disputa a Níxer o liderado da necesidade. Pero hai algo no mar que abre os corazóns, que inventa músicas, que trae e leva esperanzas, como trae e leva escamas, estrelas e nácaras. O mar é o labirinto das crebas que proceden de lonxanías situadas máis alá do que a imaxinación intúe, do que a razón comprende, o mar é a morte e a vida, a purificación e a paisaxe das quillas e das falas.

Non, Níxer non ten mar. Apenas ten un río caprichoso, de augas verdosas e hipopótamos, no que as mulleres con peitos de acibeche lavan a roupa, os nenos xogan e os homes pescan o capitán, o peixe máis estimado destas augas. O último día de estancia no país, facendo tempo antes de emprender a viaxe de regreso, chegamos a Boubou, aldea situada río abaixo de Niamey, para embarcar nunha canoa e ver os hipopótamos. Regresamos aos coches, logo dunha longa excursión. Entón, un vello e un neno achéganseme apoucados e como pedindo desculpas devólvenme a carteira que perdera ao chegar, dúas horas antes, perda da que non me decatara. É o rapaz quen ma dá. Intactos, no interior, atopo a documentación e trescentos sesenta euros. Pensei entón en lles dar parte dos cartos, pero decidín que non, que aquel acto deles non buscaba recompensa, que o seu xesto só comprendía honradez. Quizais me equivoquei, agora, dende aquí penso que a decisión non foi acertada, pero busco o conforto pensando que os meus billetes non ían transformar a súa vida, e a súa honestidade estaba máis alá, nun horizonte de soños, porque, aínda sen mar, Níxer forma parte da xeografía dos homes.

# 18. As cidades

A Omar gústalle a música bérber. É esa, gravada en cintas ou buscada polo dial da radio, a que nos acompaña nas viaxes pola estrada neurálxica que percorre o país polo sur, de oeste a leste, ou do revés, segundo como se mire. Pola radio, cando emite en francés e non hai música, coñecemos que Zapatero prescindiu de José Bono como ministro, tamén da morte continuada en Iraq, que prosegue cara á guerra civil coa súa estatística de desolación, das eleccións en Italia. Pero nada din da orde do goberno nixerino de expulsar a un equipo da BBC, acusado de filmar a fame, a mesma que vimos de ver nós. En Níxer non hai fame, esa é a consigna.

Isto provoca un debate desagradable entre nós, xa que os que escribimos e enviamos crónicas non queremos omitir o que vemos, pero hai quen opina que se dicimos a verdade podemos prexudicar os proxectos das organizacións humanitarias. Camilo e mais eu defendemos que estamos aquí para contar e non de turismo, e que o obxectivo principal debe ser rachar co silencio, que ese era, e debe ser, o noso lema, non só rachar co silencio alá, nos lugares de onde vimos, senón, e sobre todo, aquí.

A Omar pregúntolle polos nomes das árbores e arbustos da chaira, pero el, que ten resposta para todo, non sabe de botánica. Cantaruxea, iso si, a música de tambores e de axóuxeres do deserto, a salmodia monótona coa que vencemos os quilómetros, ao tempo que sostén entre os labios un pauciño co que limpa os dentes e que obtivo dunha das matogueiras. Nalgún lugar entre Maradi e Zinder recibimos chamada da Radio Galega, que quere saber de nós e que nos entrevista en directo. Aproveitando, Omar estende a alfombriña baixo a sombra dunha acacia, fai a ablución e ora de xeonllos cara á Meca. A temperatura exterior rolda os cincuenta graos. Non deixamos pasar a oportunidade e despexamos as dúbidas contando a verdade, a nosa verdade, a realidade do que vemos, as contradicións que sentimos.

Niamey, Maradi e Zinder son as tres principais cidades do país e son as que visitamos. Máis ao norte Agadez e Arlit, das que recibimos información cada vez que falamos con alguén, pero que quedan lonxe do noso circuíto.

Agadez é o principal destino turístico de Níxer. Situada no corazón do deserto, teñen sona a dimensión e limpeza dos seus ceos nocturnos. Ao nordés, máis alá do macizo de L'Aïr e do temible Teneré do que falan as cancións e os versos, está Bilma, territorio en que ACF desenvolve unha intensa actividade de cooperación e humanidade. Alí quería ir Suso, que é onde a súa empresa axuda a financiar un proxecto, pero confórmase con comprobar como traballa ACF aquí no sur, certificando que a axuda é real e que a maior parte das achegas, descontadas as cantidades necesarias para mantemento da organización e loxística, chegan aos seus destinatarios. Bilma é unha viaxe difícil, que require un tempo e unha preparación que non temos. É Camille quen nos conta que alí, para ir dende a base ata unha aldea, é imprescindible agardar a que se forme un convoi, que ninguén se aventura só nesa trampa de calor e de area.

Arlit é cidade que naceu co uranio, descuberto polos franceses en 1968. Situada ao norte de Agadez, é referencia para os emigrantes irregulares que buscan un xeito de chegar a Europa e que se atopan co aramio que circunda Ceuta e Melilla. As oitenta mil toneladas de uranio que aquí se producen cada ano, alimentan as centrais nucleares de Francia e de Alemaña. Transportadas por estrada ata o porto de Cotnou na República de Bénin, chegan en barco aos portos europeos. Que Níxer forma parte da xeografía do mundo compróbase non pola necesidade ou pola fame negada, si polo feito de que os servizos secretos italianos elaboraron un informe no que afirmaban que de Arlit era o uranio enriquecido adquirido por Sadam Hussein no mercado negro, co que construía as armas de destrución masiva que sabemos non existiron nunca. Níxer convertido nunha das coordenadas do eixo do mal, esquecido para a vida, utilizado para a guerra e para a morte.

Zinder é a principal cidade do leste do país, moi próxima xa ao lago Chad e cunha poboación próxima aos douscentos mil habitantes. Foi capital do territorio ata 1926 e máximo reduto do partido Sawaba. Conserva un núcleo antigo, organizado arredor dun labirinto de rúas e casas de planta baixa construídas con barro vermello e adornadas sobre a porta con curiosas figuras xeométricas. É posible medir a prosperidade dunha sociedade nos templos nos que reza. En Zinder, a mesquita correspóndese co contorno. A parte moderna da cidade está formada por rúas de area e pó. Hai unha vila dos artesáns, na que se concentran os pequenos obradoiros, pero está pechada cando a visitamos, que é venres, día de oración.

Malia as veces que entramos e saímos de Maradi, non é doado gardar unha imaxe coherente da súa configuración.

É unha cidade sen perspectiva, ordenada por rúas anchas, de terra gris e sen beirarrúas, limitadas por muros que pechan as propiedades e que agochan as vivendas da ollada exterior. Sabemos, iso si, que celebra un enorme mercado diario importante se o xulgamos polo tamaño, un enorme mercado negro, en todas as súas acepcións, que esa é a sensación que transmite todo o país. Aquí numerosos carteis anuncian a cabra rusa, premio aos cooperantes locais por participaren en programas de desenvolvemento auspiciados polo goberno.

A imaxe principal de Niamey, a capital do país, con máis de setecentos mil habitantes, é a do río que a baña, descendendo pausado cara ao solpor. Só unha ponte cruza a corrente que se disolve entre illas, conformando unha paisaxe fermosísima na que brillan as aves, en particular as garzas e os ibis. Polos canais navegan as canoas dos pescadores e o río pérdese cara ao océano, abríndose paso por unha chaira inmensa. Hai rúas asfaltadas que conviven con outras de terra, como as que xa vimos en Zinder e en Maradi. É mágoa o estado en que se atopa o museo nacional, mestura de zoolóxico triste e abandonado e almacén de obxectos, moitos de gran valor arqueolóxico, pero que carecen de coidado e protección. Inaugurado en 1958, era un museo ao aire libre que seguía o modelo do de Skansen en Suecia. O seu obxectivo era ofrecer aos habitantes do país unha referencia da riqueza cultural, axudando a fortalecer a identidade e afianzando a idea dun pasado tan rico coma antigo. Hoxe, porén, vive no esquecemento absoluto, amosando o cativerio de animais enfermos e o amoreamento de pezas, que ben tratadas serían dignas de ver, ratificando a idea de que aquí non hai alimento nin para o corpo nin para o espírito, por moito que o goberno negue as evidencias.

# 19. O xogo

Xa quedou apuntada a capacidade dos nenos de xogar, de rir, de seren felices, aínda na escuridade máis tépeda. Na noite proxectan os xogos contra as sombras, que é coma xogar no infinito territorio dos soños. Normalmente constrúen os xoguetes, como facían non hai moito os nenos galegos. Cun pouco de madeira por aquí e unha folla de lata por alá, é posible amañar un camión; coa area gris da chaira e un anaco de plástico ou de tea, hai quen pode dar vida a unha moneca e xa se sabe das posibilidades das vexigas animais para se transformar en pelotas e que todo terreo ermo e chan pode ser campo de fútbol.

Falouse tamén dos xoguetes chineses, monecas loiras, espadas de cine, camións e tractores de vivas cores plásticas, que necesitan baterías para funcionar, nun país sen enerxía. Sabemos que a electricidade chegou a Niamey en 1952, a Zinder en 1956 e a Maradi en 1958, antes da independencia, pero nisto, como en case todo, dá a impresión de que o país foi a peor dende que é libre e que a caída aínda non rematou. Nós buscamos liñas de transporte de enerxía na paisaxe da chaira e, logo de percorrer centos de quilómetros, só albiscamos unha de baixa tensión que nos acompaña ás veces paralela á ruta e unha de media, perpendicular a nós, que leva a electricidade a unha planta de bombonas de gas; o demais, tamén quedou escrito, é leña.

Chama a atención a abundancia de futbolíns, un en cada aldea das que se forman á beira da estrada, baixo a sombra do canizo, no lugar principal onde se desenvolve a vida e o mercado, pero os xogadores non saben que o inventor dese xogo tan popular alí e aquí, foi un galego de Fisterra chamado Alexandro. Que sería das nosas tardes de infancia, das vacacións de verán, das mañás grisallas e frías dos días de Nadal, sen a mesa acolledora do futbolín? Que destes rapaces que inclinan a cabeza sobre o campo entre risos e berros, xogando con bólas de barro, cunha distribución de xogadores sobre a barra que semella dicir que o importante é mirarlle aos ollos a historia e xogar sempre cara a adiante, con valor, sempre ao ataque? As nosas bólas da infancia eran de pedra, brancas coma as lámpadas que sobre a mesa semellaban unha lúa sen brillo. Aquí a única lúa é a do ceo, e o futbolín, cando chegan as sombras, fica en silencio, que non é este xogo para practicar ás escuras. Alexandre de Fisterra ideou o futbolín como xogo de paz para días de guerra, buscando unha distracción para os soldados feridos nos campos de batalla durante a Guerra Civil, axudándolles con el a pasar as horas de convalecencia nos hospitais da retagarda. Non pensou en nós, nin nestes rapaces, pero o efecto que produce o seu invento, a saúde que causa, a ledicia que expande, debería bastar para que o concello onde naceu reconsidere a postura reticente coa homenaxe que o inventor merece.

Pero non só xogan os nenos. Ás veces a propia vida, no seu dramatismo, semella ser un xogo de branco ou negro, de si ou de non. Esther, a nosa economista e responsable de intendencia, foi convidada poucos días antes da nosa chegada a unha voda. A moza tiña quince anos, o home trinta e catro. Bailouse moito na cerimonia, pero antes, os varóns permaneceron todos xuntos pechados nunha parte da aldea, xogando ao *scrable* e ao naipe e as mulleres, afastadas deles, acompañaron á noiva, entre vasos de té e prácticas coas que adiviñar o futuro.

Xantaron por separado e cando se xuntaron, antes de que os protagonistas se atopasen, houbo unha representación, que tamén é xogo, no que el recibiu unha muller envolta nun sudario branco semellante a unha crisálida, aínda que quen ía adentro non era aquela que el elixira, senón unha noiva falsa, dramatización semellante a unha parábola, rito ancestral co que se pretende dicir que non todo é doado e que as aparencias, como ben sabemos, enganan. Se cadra, é este o día de maior poder e liberdade da muller, oculta nalgún recuncho da aldea, agardando a que o home dea con ela, que esa é a graza, agochada e disposta a ser atopada pero aínda dona do seu feble destino, da posibilidade de marchar sen ollar atrás. Ao día seguinte integrarase nun fogar no que pode haber dúas ou tres esposas máis coas que pode levarse ben ou mal e coas que non só compartirá o leito e o home, tamén o traballo na horta, o coidado do gando, a procura da auga, e empezará a ter fillos, quizais un por ano e envellecerá polos pés, aínda que non perderá o sorriso. E é posible que, nun momento de debilidade, lembre aquel minuto no que xogou a ser libre, ese minuto no que, agochada, puido renunciar a todo canto era e marchar, máis alá do horizonte, á procura do descoñecido, sen saber que as sociedades da opulencia non admiten a emigración irregular, que é como lle chamamos e que axiña repatriamos, porque na nosa valoración de nada valen a esperanza e os soños cando non son os nosos.

## 20. Vivir para contar, contar para vivir

Eu non lin a crónica da viaxe do francés René Caillé, pero sei que en 1828 cruzou o río Níxer e percorrendo xeografías semellantes ás que nós atravesamos, se cadra polos mesmos camiños de miraxes e po polos que nos perdemos, acadou o que ata entón ningún europeo conseguira, chegar a Tombuctú, na actual república de Mali.

O mérito daquela viaxe non foi chegar á mítica cidade de *Tembocicu*, como lle din os franceses, senón regresar vivo e con ánimo para contalo. Daquela o Sahel defendíase a si mesmo extraviando a memoria e os pasos de quen penetraba nel, esquecéndoo logo no aberto e extenso labirinto da chaira. Hoxe este é un territorio vencido, cheo de riscos, si, pero indefenso. Hoxe, o Sahel é un anaco de mundo condenado, desaparecido das coordenadas cartográficas e dos mapas.

Vivir para contar. Eu tamén regresei e conto o que sentín e sei que neste Sahel de agora, durante un tempo, extraviei as palabras, o valor das palabras. Sei que hai vida máis alá das cousas que non sabemos contar, ao cabo cadaquén se conta por si mesmo. Sei tamén que, ás veces, pronunciar palabras que son coma un engado, sombras que se proxectan contra o fondo da caverna e que non expresan a realidade porque esta é inexpresable, o que causa é a sensación difusa dun ecoar lonxano, un engano máis para quen escoita e cre comprender. Agora, na distancia, na seguridade deste mundo no que vivo, confeso que na viaxe non cheguei a enfrontar unha situación de catástrofe humanitaria como a que imaxinaba. Ía eu convencido de que en Níxer atoparía unha emerxencia extrema, manifestada na pandemia da fame, no andazo da desnutrición, na proximidade da morte. Armeime para iso. Busquei os alicerces interiores que me axudasen a enfrontar a ollada da morte. Convencinme, vítima do engado da caverna, de que o mal que ía atopar era conxuntural, dependente das secas e das pragas e de que, con ánimo e con loita, co esforzo de moitos, poderiamos vencelo. Pero o que descubrín, sen lle restar valor e verdade ao sufrimento e sen relativizar a precariedade, foi unha situación allea á catástrofe e á emerxencia, o que vin foi a realidade cotiá dunha pobreza tan extrema como nunca pensei que puidese existir, unha pobreza que non depende de factores externos, de pragas nin de secas que agravarán a situación, pero que non a causan; unha pobreza que é algo firmemente instalado, un cancro do que se alimenta o noso benestar, o prezo a pagar pola nosa seguridade e o noso confort. O que vin é algo ao que non lle albisco solución, pero que ten que tela, dígome, pero que ten que tela.

Entón foi a perda das palabras. Agora escribo isto e pregúntome se valerá de algo. Penso nunha humanidade derrotada por si mesma e, porén, non podo deixar de soñar aínda que o home é un proxecto de futuro, entre outras cousas porque ten a capacidade de dicir contra as sombras. Recuperar as palabras, respiralas ata facelas carne, dicir con elas, contar, soñar aínda, por iso escribo.

A esta hora tamén será o serán en Mayahi, pero alí non prenderán a lámpada. Nas aldeas da chaira a xente sentará arredor do lume comunal e escoitará vellas historias que voan nas palabras, historias que falarán de Nazaras vidos de lonxe, de gatos namorados, de espíritos que habitan entre o espiño. A esta hora Moustapha Bello Marka construirá con palabras unha historia que invitará a soñar, unha historia capaz de facer xermolar un sorriso, convencido de que é imprescindible contar e sorrir para vivir. Sei que as formas da felicidade son moi variadas e que nós non somos a medida de todas as cousas. Sei tamén que todos os seres humanos son ditosos por inspiración, máis que por contacto coa realidade, magoante, normalmente. Non ignoro que todos, tamén as mulleres e os homes que habitan no inferno, teñen dereito a soñar e soñan, xa que, aínda sendo difícil, é esa unha das características esenciais da humanidade, máis alá do engado das sombras. A esta hora, xunto ao lume, producirase o milagre. Conseguido o difícil, só queda o doado, que cada día, cada un dispoña do don da saúde e do bocado suficiente como para seguir rindo, para seguir soñando, para seguir contando.

# A mochila moral

Camilo Franco

# A mochila moral

Os europeos nunca abandonamos Europa. Vai connosco, como ás costas, en forma de pasaporte, vacinas, breviario idiomático, pomadas protectoras, calcetíns de algodón, repelente para os mosquitos, teléfono da embaixada e dunha superioridade moral que ningunha historia universal, por pouco obxectiva que sexa, consegue xustificar. Viaxamos coa historia na mochila e case nunca conseguimos baixar ese chanzo que nos distancia da verdadeira natureza das cousas no resto do mundo. Porque o resto do mundo case nunca é Europa, por máis que esta sexa unha realidade contundente que nos custa moito aceptar. O resto do mundo non está adornado coas vantaxes da auga potable, da luz eléctrica constante, das baldas do supermercado supermineralizadas e hipervitaminadas, cun ambulatorio a distancia razoable nin con ningún tipo de luxos dos que, tantas veces, entendemos europeamente que son necesidades. Europa vai connosco tamén como xeito de razoar e seguramente ese é un dos grandes problemas para que os europeos entendamos que sucede nesa parte do mundo que xa non pode ignorarnos.

## Estación de autobuses

Baixar do avión e dar cunha estación de autobuses. Serán as catro da madrugada. Todo parece baldosa abandonada, uns quioscos soltos, uns corredores curtos con limpeza quizais quincenal. Igual non. Igual é o po do deserto que se anuncia. Pasar a aduana coa súa displicencia. A curiosidade dos ollos dos viaxeiros que permanecen na terminal. Como unha estación de buses grande ten un vestíbulo con bancos de mal descanso. Para cando cruzas as portas está agardando a noite africana coa súa calor envolvente e pesada e un aire lento e quente. Inesperado tamén, pero só para nós que vimos dunha parte do mesmo mundo que é este pero parece outro.

# Dramas e angustias

África é unha desas partes do mundo que non son Europa. A África gustaríalle ser Europa, pero non lle deixan. Alguén decidiu hai moitos anos que África tería que ser como Europa e cambioulle os costumes, o idioma, sementoulle unhas cantas rúas con certo carácter ideal, chantoulle árbores e ditoulle as normas. Non se parou a comprender se había algunhas formas válidas na conduta social anterior, calculou coa súa superioridade moral na mochila que as novas formas eran mellores, máis organizadas, máis seguras e, sobre todo, máis produtivas. Obviouse se era o que mellor cadraba co que había, pero cando se trata do ben algúns sacrificios hai que facer. Esa é xustamente a perspectiva europea, occidental, branca, economicista. É unha perspectiva calculada só en parte. Porque, en certo modo, fixo de África un territorio no que para solventar as pequenas angustias de Europa foron necesarios grandes dramas. As angustias permanecen, os dramas acentúanse e Occidente fixo un xesto de retirada no sentido máis cínico do termo. Desfixeron os aparatos de Estado e deixaron as empresas. Quitaron a cobertura e permaneceron no negocio.

## Chegar de noite

Chegar de noite a calquera lugar descoñecido é desorientador. Subir a un coche para percorrer uns quilómetros de avenidas anchas relativamente iluminadas só suma un pouco máis a ansiedade do viaxeiro por situarse. Hai longas rectas e rotondas, como a tiraliñas. A luz é fantasmal e a distancia faina intermitente. Logo desaparece a iluminación e os xiros fanse máis evidentes. É outro xeito de viaxe. De cando en vez pasa unha luz pero non deixa tempo a ver. Está todo negro.

# Dúas colonizacións

Níxer está, en moitos sentidos, no corazón de África. Da África que, por algún motivo, chamamos negra. Que padeceu dúas colonizacións moi distanciadas no tempo e que non conseguiu sobreporse a ningunha delas. A primeira das colonizacións de Níxer foi a musulmá. Economicamente adaptable aos territorios que ocupou, alterou a organización social orixinaria e acabou por establecerse como referente relixioso e cultural. Non é única, pero é maioritaria. A segunda colonización é europea. Francesa, concretamente. E pese a que para cando os franceses chegaron a Níxer xa estaban baixo o lema de *liberté, égalité et fraternité*, ningunha desas máximas debía de ser válida para alguén que non era exactamente francés. A segunda colonización tivo un carácter máis eminentemente económico. Malia a emancipación do país en 1967, esa colonización permanece. Agora chámase comercio e o peso do comercio francés, das empresas francesas, é moi grande na escasa estrutura económica nixerina. É un peso de evidente desigualdade porque case todos os recursos de valor no país contabilizan nos balances de empresas transnacionais.

## Madruga o sol do mediodía

Espertas e o sol xa está como de mediodía. O contorno máis directo do hotel é semieuropeo: céspede regado, terraza, flores. Tampouco é un luxo, pero aquí xoga a perspectiva e a circunstancia sempre é cabrona. Hai un muro, claro. Sempre hai un muro que separa as cousas boas do resto. E non hai olladas porque desde dentro non se ve o exterior. O principio de reciprocidade imposible goberna case todo o mundo pero non afecta a todos por igual. Hai barullo ao outro lado e unha rúa sen asfaltar e sen beirarrúas e un colexio con nenos uniformados e unha cidade que se proxecta sobre o po e baixo o sol, baixo a calor das primeiras horas.

# A morte crónica

A situación de Níxer é malísima. Dito así é unha inxenuidade e unha obviedade. O malo das obviedades é ter que repetilas e que o mundo as escoite como tal e ao tempo negue a maior: a situación de África é malísima, vale, xa o sabemos. Na última parte da frase péchase un dos grandes cinismos de Occidente. A situación é mala pero quizais desde o punto de vista mediático non é a peor do mundo. Non hai ningunha guerra aberta que limite a súa economía, nin forma parte do eixo do mal, nin vive atormentada por unha ditadura na que o seu presidente será declarado caníbal no futuro. O problema verdadeiro de Níxer é que os seus problemas son crónicos e, polo tanto, comúns. Cando un país do cuarto mundo entra nesa categoría o seu padecemento convértese en normal e os medios de comunicación deixan de darlles importancia aos seus mortos. Níxer padece fame, pero é unha fame permanente. A morte volveuse cotiá no país, tan cotiá que xa nin sequera produce escenas violentas. Os nenos morren de inanición, marchan co seu silencio e sen perturbar. Só contan nas estatísticas. A morte é crónica en Níxer e quizais unha parte do mundo considere que non é unha novidade: que todo o mundo morre. A diferenza, en realidade, está nos números. A diferenza está na proporción.

# Almorzo con manteiga

A mesa está disposta. Ten de todo, incluso manteiga. É un almorzo continental. Poderiamos entender que este é territorio diplomático, como unha excepción. Recibimos trato de turistas e a un turista non se lle perturba a ignorancia. Ese trato preferente é case inexorable. A primeira condición do viaxeiro é o seu carácter temporal. En África todos os viaxeiros son desiguais, pero os occidentais son máis desiguais. O conflito do observador faise especialmente evidente canto máis preto deste deserto: non conseguimos mirar Níxer desde os seus propios ollos e hai unha distancia moi grande desde o punto de vista dun occidental e o de calquera habitante do país. É unha das grandes distancias entre Occidente e África.

# Datos de vida, datos de morte

As estatísticas son claras con Níxer: é o último país do mundo en riqueza. Expresado así é un sarcasmo. En realidade é o primeiro en pobreza. Segundo as organizacións internacionais, Níxer é o país máis pobre do planeta. Máis pobre incluso que o barrio máis deprimido de Harlem. Pero menos violento. Segundo os datos económicos (hai que ser marxistas, hoxe todo é economía) Níxer é o último lugar sobre a Terra. Pero nese último lugar hai cousas que suceden de xeito máis habitual que noutros territorios favorecidos pola circulación do diñeiro. Un caso: as mulleres de Níxer son as máis produtivas de calquera hemisferio. Unha media de oito fillos para cada unha. O cruzamento de datos entre as dúas estatísticas é, a pouco que fagamos conta, brutal. Pero non só. Ademais é terriblemente cruel.

## Igualdades da infancia

Se as mulleres paren moito ten que haber nenos. Hai barullo de colexio ao outro lado do muro e o rebumbio que chega parécese a todos os rebumbios que lle chegan á xente que vive preto dun colexio. Poderiamos descargar todos os tópicos sobre os nenos, sobre o pasado e sobre porvir –que palabra–. Todos serían válidos porque os nenos teñen un presente cargado de futuro. En Níxer non tanto. En África a especie humana adoptou a estratexia dos peixes: producir moitos individuos para que só unha parte poida subsistir. Os nenos son indiferentes a estas cousas e mesmo cando padecen as circunstancias non chegan a entender por que. Fan máis incluso facendo menos porque non fan preguntas para as que non temos respostas razoables. Fan barullo antes de entrar ás aulas porque esa é unha lei da universalidade humana: os nenos en canto os deixan son todos iguais.

# Desaparición nos parques

Na rotonda dos datos aparece o resultado dese cruzamento entre pobreza e nacementos: o 14% dos nenos nacidos en Níxer non verán o mundo como adultos. As cifras porcentuais non sempre son contundentes. Cambiemos o foco polo absoluto. 14 de cada 100 nenos que nacen en Níxer morrerán de pura fame. Serán vítimas dun crime sen condena. Pero quizais esaxero afectado polo sol do mediodía e pola incomprensión da distancia entre partes diferentes do mundo. Quizais esaxero e vexo dúas imaxes sobrepostas: un cento de nenos nunha rúa de terra arremuiñándose sobre os visitantes. Sobre esa hai outra. A tranquila inquietude dos nenos e as súas nais nun parque próximo ao río Barbaña, en Ourense. As dúas imaxes teñen o mesmo son. Pero quen decide agora cales son os 14 nenos do parque que haberán de evaporarse pola crueldade da imposibilidade.

## Distancia interior

Finalmente a rúa. É ancha, desordenada de formas, dominada pola cor da arxila, con algunhas árbores, rótulos descolocados, un cruce ao fondo e alumnas en uniforme azulado. Miran con curiosidade un grupo máis ben exótico para elas e que aínda non entende a potencia do sol. O que haxa de intimidante no seu xeito de mirar non ten que ver con elas. Van cumprir cos seus deberes de membros dunha especie que espera algo de bo no futuro. Para elas, esa pequena comitiva de xente que sobe con naturalidade a dous coches grandes e que mira para elas cunha distancia que non saben calcular é unha irrupción na paisaxe. As distancias non sempre se calculan ben porque en Níxer non hai só distancia con Europa, hai unha distancia interior difícil de recompoñer.

# Chegar ata aquí

Níxer padece unha seca e moitas desigualdades. A seca non é deste ano. Desde que comezou o milenio, a situación do país foi empeorando con dous momentos de inflexión. O primeiro deles foi en 2003, cunha seca acentuada que reduciu as colleitas de cereal que forman a base dunha economía sen recursos. Un ano despois, unha praga acabou coa resistencia do trigo e colocou o país nese bordo no que sempre se acaba dando un paso adiante. Polo medio, a política. Os gobernos de Níxer aproveitaron as boas colleitas de cereal anteriores a 2003 para facer caixa e vender os excedentes aos veciños do Sahel. O trigo de hoxe foi fame de mañá e cando os tempos tornaron malos non houbo capacidade para recomprar o cereal. O primeiro chanzo da espiral estaba posto. Nesa altura comezaron a intervir as organizacións non gobernamentais.

# Accidentes

Tivemos un accidente coas maletas. Para mellor dicir as maletas tiveron un accidente soas e quedaron colgando nalgún interregno aeroportuario. Somos europeos sen mochila. Quedamos afectados nas comodidades domésticas. Pero quen protesta no medio de tanta falta? Buscamos aprovisionarnos e aínda que soa expedicionario non é máis que buscar o mercado e repoñer o perdido. Nós que podemos. O mercado existe moito antes que o capitalismo. Os arredores ferven e quedamos inmediatamente absorbidos por unha marea de xente entre ociosa e distraída que devolve a ollada con curiosidade.

# Príncipe de Beukelaer

Máis ou menos no centro de Niamey hai un mercado e, no centro do mercado, hai un súper. Tal que un súper de provincias. Está rodeado de postos artesanais, de xente vendendo cousas de segunda man, de postos con carne de año sobre a que se ceban as moscas e dalgúns vendedores de tabaco por cartón. A prestancia do súper lembra á do aeroporto, co dominio da baldosa, pero ten aire acondicionado e as baldas están perfectamente colocadas. Auga, escuma de afeitar, refrescos das inevitables marcas universais, cueiros, chocolate, xeados, algo de cosmética. Digamos que cobre as «necesidades básicas dun europeo». Os prezos non son prohibitivos a dicir dos locais pero o problema non é tanto canto custan as cousas como que non hai diñeiro para mercalas. Da presenza dos paquetes de galletas Príncipe de Beukelaer dedúcese que o problema non é só a distancia física que separa África de Occidente.

# Bazar inexorable

Camiñamos ata un chinés. Non é tal. É un establecemento que ten as mesmas cousas que ofrecen os chineses. Ese mesmo tipo de saldos amoreados do mesmo xeito. Damos volta polo interior buscando calquera cousa que reavive a mochila. Basicamente protección contra o sol e iso que unha nai nunca perdoaría, unha muda limpa. Ninguén pregunta que posto ocupa o local no escalafón do comercio de Niamey, pero a pregunta é se o comercio europeo non fai desaparecer os seus excedentes dese xeito: introducindo mercadoría barata en mercados nos que a capacidade de produción local non permite competir. A economía a este nivel mete medo e permite chegar á conclusión de que o capitalismo é inexorable.

# Desequilibrio interior

A espiral da fame non afectou a todos por igual. A miseria non é igual en todas as partes do mundo porque, aínda que non queiramos entendelo, os adxectivos son relativos. A falta de cereal obrigou a unha parte da poboación a descapitalizarse, a desprenderse das pertenzas: animais, terras, obxectos de valor. En termos económicos é empobrecemento. Pero Níxer xa non era un país rico, unha parte da súa poboación non podía descapitalizarse en absoluto. Cando chegou a vaga de fame só podían resistir ou botarse aos camiños. Fixeron as dúas cousas. As mulleres botáronse a andar e os nenos tentaron resistir. Pero a bioloxía non é socialdemócrata.

# Easy rider

Percorremos unha estrada asfaltada, estreita, rectilínea. Ten anchura de comarcal pero responsabilidades de autovía. A estrada comeza como tal onde remata a cidade e esta claridade de ideas ten que ver con que alguén decidiu colocarlle portas ao campo para sinalar que son naturezas distintas en veciñanza. Unha porta con vocación de xigantismo, pero tampouco. Os europeos adoitamos entender que onde remata a cidade comezan os problemas. E mesmo é posible que alguén pense que Europa e cidade son unha sorte de sinónimos que irán confluíndo semanticamente conforme pase o tempo. Simbolicamente, para os viaxeiros puristas, podería ser que o país comece onde acaba a capital, que o país é onde a natureza manda máis. Acaba a capital e o seu amoreamento de casas de pallabarro e comeza a chaira seca. Non é un deserto aínda, pero anúnciase. E a natureza, ás beiras da estrada, sinala constantemente que non foi feita á medida do home. A especie é un contratempo demasiado testán que se deixa ir por lugares con pouco equilibrio. E aí pasan: dromedarios e ovellas para cruzar a estrada polo pé dun camión que leva dous días esperando unha peza de reposto para poder continuar.

## As circunstancias mandan

Quizais o difícil sexa ir á raíz dos problemas. Níxer atravesa pola súa circunstancia e a súa circunstancia é un cruzamento de situacións difíciles de recompoñer. O equilibrio do país é dramaticamente delicado de maneira que cando se tenta atallar algún problema hai outros que aparecen. O parcheo constante e sistemático leva a pensar que no país hai máis parche que roda e que a súa capacidade para circular está tan seriamente afectada que cando alguén introduce alimentos para cooperación inflúe seriamente no prezo deses mesmos produtos no mercado local. Pero se os retirase, os produtos do mercado propio nunca chegarían ás bocas ás que teñen que chegar. Así mandan as circunstancias.

## Arrima aí que paramos

A présa é un luxo occidental. Do mesmo xeito que en Occidente a urxencia é utilizada tantas veces como desculpa. Cruzamos as beiras do deserto (e sei que é unha perspectiva europea) ata chegar a un cruce de camiños con camións aparcados. Arrima aí que paramos, entre eses camións. Hai dúas ou tres casas de planta baixa con soportais cubertos a xeito de terraza. Se obviamos as diferenzas son bares de carretera. Hai arroz. Pero todos os manuais desaconsellan aos foráneos comer en lugar ningún. Non é por eles, é porque os anos de benestar social reduciron as defensas biolóxicas dos europeos deixándonos un organismo algo laxo en cuestións defensivas ou quizais demasiado confiado na OTAN. Entramos nun bar entre a xente que remata o xantar e o camareiro decide, como somos un grupo pavero, meternos en sala distinta cun mobiliario que sería veterano mesmo para un centro reto. Alguén bromea coa sala VIP pero acampamos con certa satisfacción. Repasamos a oferta e hai unanimidade en que a opción é a chispa da vida. E así está todo o mundo, atrapado.

## Calquera tempo pasado

En Níxer todo remite a un tempo mellor. Os edificios ou a distribución das rúas ou a maneira en que se conservan as formas lembran algo anterior do que tampouco queda nostalxia. Un tempo que parece mellor que o presente. Un tempo no que os edificios foron novos e as árbores máis verdes e todo semellaba máis animado. Tamén pode ser que non sexa así. Que nunca houbera un pasado aceptable e que isto que se interpreta como pasado fose transplantado aquí. Que o verdor cinguido das inauguracións nunca se dese e que o país sexa só unha parte máis dese recolector de cousas vellas que é África para Occidente.

# Síntomas

Debe de ser un síntoma. Toda esa xente polas rúas subida en motos de antigüidade inverosímil. Toda esa circulación animada e caótica pero vital. Debe de ser un síntoma semellante ao dese millar de postos de venda que ocupan os lados das rúas pola mañá sen que estea moi claro a quen lle van vender. E moita xente a camiñar, pero case todos homes. Son síntomas pero non sei de que. Con eufemismos como desequilibrio tampouco apañamos. Son síntomas das dificultades da especie humana para deixar de selo porque a cinco quilómetros deste rebumbio algún neno estará a esta mesma hora morrendo de fame (e podería poñer calquera outra cousa pero para que aforrar a dureza). Pero dentro de trinta segundos, antes de cambiar de páxina, desaparecerá outro nunha cadea imposible. Tan preto, tan lonxe a xente pasa en moto, incluso de tres en tres, e sorrín para as cámaras. E quizais só sexa síntoma de que a normalidade acaba por apropiarse de todo. Esa normalidade que con tanta perseveranza nos converteu en especie.

# Paisaxe entretida en rótulos

Quizais a única amabilidade da estrada que marcha entre a actual capital de Níxer, Niamey, e a que tivo que deixar de selo por falta de auga, Zinder, amais dalgunha caravana de camelos, é a reiteración de rótulos que anuncian programas de cooperación. O deserto asoma contra as beiras da estrada como o anuncio dun territorio incómodo para a ocupación humana. A paisaxe vai permitindo sobre a area do chan algunhas árbores. Quizais algún día todo foi máis verde. Segundo se aproximan as poboacións, a presenza dos anuncios de cooperación internacional faise máis habitual: programas franceses, alemáns, daneses, suecos, belgas. É case como un prodixio de confluencia europea. Pero tamén é un asunto moi europeo comezar a axuda colocando un cartel escrito nun idioma que a poboación local non sempre entende. Detrás dos anuncios de programas que van desde as canalizacións de auga ata a construción de edificios con vocación comunitaria queda o deserto. Para algúns deses programas a realidade é tamén desértica: chegaron, fixéronse os edificios e quedaron atrapados nese limbo das cousas sen acabar de usar.

# Repostar

Hai que estar seguros de que unha parte de África está feita a imaxe e semellanza de Europa. Será colonialismo ou imposibilidade. Pero deixa a sensación de fotocopia esvaída, dun sistema colocado sobre outro sen consulta previa e sen cálculo de erros. Paramos para o combustible. Os condutores teñen preferencia por parar a cada pouco e a boa intención di que porque nunca se sabe se a seguinte estará aberta. Paramos nunha vila pequena pegada á estrada e a dous surtidores. É o corazón de África pero hai un quiosco con algunhas desas chilindradas que venden as estacións de servizo en Europa. Gorras e lentes de sol. Nos arredores hai un camión de froita disposto para a venda e detrás del un grupo de eivados. Nenos eivados. Teñen un brazo raquítico ou unha perna inacabada ou un ollo perdido. Están incompletos e van arrastrándose cando non poden facer outra cousa. Gardan unha certa distancia da gasolineira porque os arredan de alí e porque ese mundo non é o deles. Buscan os viaxeiros coa mirada porque esa é a última chamada que lles queda.

## Como en Europa

No que Níxer se parece a Occidente é en que as mulleres e os nenos son a parte feble da sociedade. Non só iso. Ese conxunto formado polas nais e os seus fillos son a parte máis feble da sociedade. En Níxer a febleza é extrema, mortal. As nais, tan capaces de parir, non teñen medios para defender a supervivencia de familias tan grandes. Asumen que unha parte dos fillos que paren están destinados a desaparecer. Vanlles quedando esmirriados, mínimos. Van quedando durmidos e xa non volven connosco. Desaparecen coma se tivesen feito algo para merecelo. Como o castigo da estatística suprema.

# Primeira e segunda liña

Tal como atravesamos algunhas aldeas cativas vanse vendo as diferenzas. As casas máis pegadas ao asfalto son de pallabarro, cadradas e mesmo con algún patio. Descoidadas na súa maioría pero habitadas. A segunda liña, a que está por tras, está formada por vivendas dunha época anterior. Son circulares e de construción vexetal. Por explicalo así, teñen unha estrutura castrexa, feitas con paus e rematadas con palmas. Son dúas etapas que marcan unha forma de vida que, interpretada desde si propia, explican a diferenza entre o rural e o urbano. Aquí tamén hai diferenzas porque, en moitos sentidos, uns ignoran os outros. Séntense distantes coma se fose unha parte do mundo innecesaria. Canto máis cativas son as vilas menos construción e máis vexetal. Canto máis distantes menos fotocopia de Europa actual e máis idea dun pasado común.

# Teleclub

A democratización masiva do consumo fixo desaparecer en Galicia unha institución social que marcou os sesenta. O teleclub era un local equipado con televisión en tempos nos que case ninguén a podía ter na casa. Atravesando algunas vilas preto de Maradi hai grupos de xente sentados diante dun televisor. Grupos de vinte ou trinta persoas con nenos, sentados case en bancada. Mirando teleseries francesas. Chegan por parabólica e, quizais por acentuar o carácter paradoxal do mundo, no intermedio das series a mesma xente que non ten electricidade nas casas pode ver a publicidade dun grupo lácteo francés ou o resoltísimo deseño dun automóbil italiano.

# A quinta de Maradi

Chegamos con noite a Maradi. Entramos nunha casa con patio de Acción contra a fame. Fin de etapa. Baixo a luz da lámpada do patio hai uns miles de mosquitos facendo botellón e aínda así queda unha desas noites suaves, cálidas. A temperatura dun día de sol sen a súa luz, unha noite na que se presente o infinitos que son os traballos que quedan por facer.

# O elo perdido

Quedan preguntas implícitas. Hai nais, hai fillos. Que pasa cos homes? Segundo a etnia á que pertenzan a resposta é diferente. As dúas etnias fundamentais, tuareg e hausa, tratan as mulleres de maneira diferente. Os primeiros proceden do nomadismo, viven no norte, e o papel feminino é máis activo. Os segundos son sedentarios, agricultores ou pastores, pero a condición da muller na súa sociedade é completamente subsidiaria. Entre os segundos tampouco a resposta é uniforme. Unha boa parte dos homes emigran cara a Nixeria atraídos pola riqueza dos campos petrolíferos. O retorno tamén é un asunto complicado. Uns non volven e outros volven acompañados de enfermidades de transmisión sexual. Case ninguén manda cartos. A situación para a muller case nunca mellora. Son o último elo dunha cadea demasiado feble: o elo que seguimos perdendo.

## Conciliación de realidades

Hai algo impúdico en observar as circunstancias dos demais. Especialmente se sofren. Hai algo cabrón en mirar para outro lado. Así que as contas están claras. Calquera podería facer moitos cromos con Miyahi e o seu carácter de estación final. Hai como dous territorios. O lugar vello coas casas de barro e o lugar novo con cemento construído para alguén que nunca decidiu quedar de todo. Están os rótulos da cooperación e a maquinaria que o tempo e o po do deserto foron apartando de lado. Todo rodeado pola paisaxe e pola calor. Están os nenos que entran e saen dunha escola e están os cooperantes. Hai unha certa bipolaridade en case todo porque na superposición de realidades que padece África non hai continuidade. Ou quizá é só o observador que non consegue conciliar as realidades.

## Contra o bucolismo

É como un campo da feira. No centro hai unha árbore e a súa correspondente sombra ancha. A un lado están os edificios de planta baixa, de cemento sen recebar e nas outras partes todas o po da terra erguéndose en espiral a cada pouco polo vento quente. O bucolismo, de existir, desaparece de golpe cando o grupo de mulleres e nenos toma o corpo presente do drama. Son mulleres con fillos, pero cando se enumeran os substantivos traizóase en parte a realidade do asunto. Non se respecta a unidade entre unha nai e os nenos. Están arremuiñadas para darse a coñecer, para dicir que existen, para encontrar unha porta aberta. Nin censos nin lembranza. Están presentes e esa é toda a garantía que teñen. Están na sombra e alguén lles explica, seguindo o método gráfico das coplas de cego, as enfermidades de transmisión sexual, os coidados básicos dos nenos ou as posibilidades de recibir unha axuda se se apuntan e volven na próxima cita.

# A cor dos pallasiños

Como non teñen programas de lavado para auga quente as mulleres non están preocupadas porque os seus vestidos perdan as cores. E sería mágoa porque levan un milleiro de cores dispostas como despois dun big bang do arco da vella. Van conxuntadas, como envoltas na tea dos vestidos e cun pano a xogo para a cabeza. A tea non está fabricada en Níxer e quizais leve demasiado poliéster para ser tradicional, pero é dunha inocencia cromática alucinante. Son rapazas multicolores que prescinden de calquera tipo de psicodelia. E están aí: baixo a sombra, rechamantes e estoicas. Como nun pasar.

# Contra o bucolismo II

A porta está aberta. Dentro do edificio hai un proceso de censado médico ou de detección das urxencias. Un traballo contra o tempo e contra as circunstancias, como aquel que contan do holandés que meteu un dedo na físgoa do dique para evitar que a auga acabase por derrubalo. Un traballo metódico como colocar un apósito despois dunha operación a corazón aberto, pero un apósito imprescindible. As nais chegan cos cativos e van pasando por unha revisión, calculando a idade que lles cuartea nos pés e mirando nos ollos canto hai de reparable na súa fame. Para os casos extremos hai unha saída cara ao hospital, para os outros unha bolsa con fariña que, cando menos, garantirá un tempo de alimento mínimo e, se aínda hai máis sorte, outra visita.

## Branca coma ti

Pero os comportamentos da especie non son impredicibles. Entre o cento longo de mulleres e nenos, un grupo de rapazas chaman a atención sobre unha cativa que está con elas. É albina. Non chego a entender se queren explicar que é rara ou que é branca coma nós. Pero teñen a intención de exhibila e ela déixase co mesmo estoicismo. Non sorrí como os seus compañeiros de grupo.

# Contra o bucolismo III

Eu non tiven unha granxa en África. Estiven nun hospital para cativos e as súas nais. Cativos ao límite e nais reincidentes. O hospital estaba todo o colocado que podía estar, pero aquí o dedo é aínda máis pequeno para tanto dique. As nais e os cativos son máis que nunca un, porque non hai opción a tratalos por separado e a liña da vida que lles quede aos pequenos depende desa decisión da nai de quedar no hospital ou volver á casa a cumprir coas obrigas co marido ou cos outros fillos. Unha parte dos pequenos está en fase de desnutrición aguda, coas capacidades limitadas coma se a capacidade de vivir quedase suspendida temporalmente como nun adianto da morte. As mulleres séntanse nas alfombras sobre o chan e no colo de cada unha delas un neno en suspensión. Os nenos reciben alimentación de urxencia pero a recuperación precisa tempo e calma. Pero tampouco aquí. Algunhas nais deciden marchar ou son recollidas polos maridos e volverán quizais cando o cativo volva estar no límite. Ou non volverán porque, ao cabo, quedan outros sete ou oito. Multiplicarse mentres morren.

# Polgariño

Bassiro tiña tres anos cando chegamos a Mayahi. Debería falar a lingua hausa. Tiña tres anos pero era pouco máis que un bebé. Deixou de medrar e xogaba, feble e descoordinado, ao que podía no hospital de Acción contra a fame. Rodeado de mulleres que o movían lento, coma quen se salvou dunha caída mortal. Xoga coas pelotas de cores ou cos globos con todas as dificultades para manter o equilibrio e poñerse en pé. Como Níxer.

## Negativas

A primeira acción política ante unha catástrofe é negala. O goberno de Níxer asegurou e asegura que non hai emerxencia, nin crise alimentaria, nin necesidade. Tolera as axencias de cooperación e estaría encantado de que ese diñeiro das axudas tivese que pasar polas contas gobernamentais. Unha nacionalización da cooperación. Esa é a maneira de solucionar as cousas mentres os pequenos, especialmente os menores de cinco anos, son carne desa fame que non existe, nin se sente, nin se padece.

## Correndo pola banda

Pasa un neno cunha camiseta branca que leva rotulado o nome de Zidane nas costas. A camiseta podería ser un produto correctamente licenciado polo capitalismo futbolista ou unha imitación taiwanesa. Para o rapaz significa o mesmo e simbolicamente tamén. De cintura para baixo non hai licenzas. Os zapatos sonlle grandes e o pantalón curto. Habíanlle valer igual para correr pola banda abandonada de defensas na que vive.

# Grandes almacéns

Os almacéns de fariña, leite en po e outros alimentos da cooperación internacional son o edificio máis grande da localidade. En certo modo, a cooperación internacional converteuse nunha industria en Níxer. Reparte alimentos, medicinas, pero tamén dá traballo aos cooperantes locais. Nos almacéns poden chamar polos ollos os paquetes en po dunha multinacional europea ou os sacos de fariña da axuda norteamericana. Colocado como nun silo. Os norteamericanos son excedentes pero os europeos son mercados pola ACF para o seu uso en África. Sempre hai contas difíciles porque tampouco se entende de primeiras que Europa non consuma os seus excedentes onde serían precisos. Pero logo está o mercado local e os agricultores, os que quedan, quéixanse de que a chegada de cereal gratuíto non fai máis que complicar a venda do propio. E volvemos ao bucle no que todas as circunstancias son contrarias.

# Reparto de terras

O reparto da explotación da terra é esclarecedor do papel feminino na sociedade nixerina. O home é o propietario do total da terra. A muller debe traballala por enteiro. A cambio ten dereito a que unha décima parte da terra traballada sexa usufrutuada por ela. Nese usufruto queda implícito que deberá manter os fillos co décimo. No mellor dos casos, a muller traballa para o negocio do marido, para a súa manutención e a dos fillos de ambos. No peor dos casos, cando a produción non dá para todo, o marido ten a chave do celeiro e eses aforros non se tocan: supoñen o poder do home na sociedade. Cando veñen mal dadas a muller queda soa fronte á fame.

## Zapatos de tafilete

Visita a unha terriña que cultiva un grupo de mulleres, promovida desde Acción contra a fame. As boas maneiras do país aconsellan pedir permiso primeiro a quen manda na vila, semella máis un pedáneo que un xefe de tribo. Di que si. Chegamos. A terra é cativa, pero ten un pozo próximo. As mulleres explican os tempos de produción, as dificultades de ir a contracorrente nunha sociedade na que o esforzo cooperativo non se dá. A horta aínda non é recurso pero trátase de facer ver que hai posibilidades. Mentres o sol da tarde quenta duramente chega un home nunha moto que na miña adolescencia sería unha Puch. Achégase ao grupo e decide facerse voceiro. É alto e leva unhas roupas frouxas dun azul especial para daltónicos. Pero mentres conta a súa versión dos feitos o que chama a atención de verdade é que leva uns zapatos de pel, de punteira recortada, cor toffe ou similar. Ninguén se atreveu a preguntarlle o prezo nin como chegaron ata os seus pés nin que tipo de aforros tivo que sacrificar para conseguir un trofeo así. Pero non é un sarcasmo. Só é a brutalidade do desequilibrio.

## Marcas na pel

Algunhas mulleres levan na cara unhas incisións. Vanas facendo desde cativas e fan figuras xeométricas aos lados dos ollos. Xogos de movemento coma ondas. Semella coma se xogasen coas cicatrices. Elas (e eles hai que asumir) enténdenas como un argumento máis da súa fermosura. Unha maneira máis de pórse guapas. Unha permanente. É máis elegante que unha tatuaxe e simbolicamente ten ese punto de ser algo que acaba por converterse nun trazo físico, que pasa a formar parte do rostro, como as engurras.

# A magnitude da traxedia

É difícil asumir a magnitude da traxedia. Desde preto tampouco. Achegarse a mulleres novas que levan ás costas nenos cun prazo de vida inmediato. Camiñan coa sentenza deitada. Cruzarse con elas e miralas aos ollos para comprobar que hai lugares nos que se abriu unha fenda irreconciliable. Eles miran sen entender pero saben que están no último lugar dunha ringleira que non pediron. Saben que valen menos ca os animais e por iso lles queda unha certa serenidade. Ou por iso camiñan horas para conseguir un saco de fariña e deteñen os ollos nos estraños sen recordarlles que nada do que sucede debera ser como é. Porque unha vida en Occidente non ten prezo, pero a vida en África non ten valor.

# Lume e fusión (Paradoxo 1)

Supoñamos dous extremos nunha cadea enerxética. A leña e o uranio, por exemplo. Níxer ten dos dous. O primeiro é a principal materia enerxética doméstica do 95% da poboación do país. O segundo é un dos minerais nos que Níxer destaca no mundo. Pero está explotado por empresas foráneas que, entre outras cousas, foron quen de construír unha cidade no deserto pero non contribuíron a acalmar as sucesivas secas padecidas polos nixerinos. Os dous extremos repítense en máis argumentos, pero unha parte da poboación do país nin sequera é consciente da situación pola que atravesa. Son conscientes da fame, da necesidade de axuda e de que tras dúas semanas sen comer calquera está máis preto da morte. Son conscientes de que as distancias son longas nun territorio no que camiñar segue sendo un dos principais medios de transporte. Que exista a fusión e a fisión do átomo é, para unha altísima porcentaxe de poboación do país, ficción científica. Nin iso. Non está considerado. É outra dimensión temporal porque Níxer vive como en varias épocas do tempo superpostas unhas a outras. Coma se avanzase polo túnel.

# Cerebros e necesidades

A descrición do cerebro humano explica que temos tres tipos: un paleocórtex conservado da época en que especie era sáurica; un córtex medio, que responde ás necesidades dun mamífero e un neocórtex, que responde ás necesidades do mamífero superior e ás capacidades humanas. O corte transversal de Níxer como país tamén ofrecería esas tres constitucións. Hai unha parte ampla que se mantén por medio dunha agricultura e gandería primitiva, inmediata e sen capacidade de aforro. Hai outra parte que vive dun comercio rudimentario, dificultoso, que percorre os mercados para colocar en case todos os excedentes propios, o material usado ou produtos importados. O terceiro nivel está formado por funcionarios, asalariados das organizacións estranxeiras e esa parte mínima da sociedade que tenta, en case todos os casos, emular á vella Europa. Tampouco debería deixar de chamar a atención o feito de que entre os tres perfís hai máis ben pouca intercomunicación, coma se o problema do Níxer que sofre non fose tamén problema do Níxer que consegue desenvolverse con cerebro de humano que habita no centro de Occidente.

# Tres cousas que hai en Níxer

As cidades ofrecen a certeza de que calquera tempo pasado foi mellor. Hai un debuxo que explica a intención colonial de facer grandes avenidas, de conseguir esa fotocopia tan singular de Europa que son algunhas cidades africanas. Pero nalgún momento, máis ben cedo, acabou o asfalto, e o soño de cementar de calquera deputación con autoestima quedou truncado pola ausencia de recursos, a area do deserto e a falta de planificación. Por riba dun tímido principio de racionalidade imposta sobrevive o pan de cada día baixo un sol de permanente verán. En Níxer só hai tres tipos de edificio que parecen resistir o po do deserto: os edificios do goberno, as mesquitas e aquelas instalacións utilizadas polas oenegués. Quizais tamén deberiamos incluír os bares que son usados con frecuencia por residentes e usuarios directos dos anteriores (agás nos casos das mesquitas, que sería pecado). Por pouco que se agrande a distancia, o resto é supervivencia e lama. O resto é espontaneidade e caos. O resto, en realidade, é ausencia: de auga, de saneamento, de alumeado público e de todas esas cousas que, segundo os entendidos, son o que ten de bo Occidente.

# Berros e telefonía (Paradoxo 2)

Se o pode pagar, calquera colle o teléfono móbil en zonas poboadas de Níxer e pode falar con outro calquera. As torres de telefonía repítense con monotonía nunha paisaxe xa en por si algo monótona. Fan aparentar un certo aire industrial nun país que nin sequera posúe industria contaminante. Nos arredores dos valados metálicos que gardan os reemisores pasan as cabras con pastores, os camelos solitarios e alguén a cabalo que mesmo podería ir mandando un sms. É outra sobreposición porque é difícil de explicar que unha sociedade que non ofrece horizonte de vida aos nenos teña capacidade de prestar un servizo de carácter sofisticado. Non deberiamos deixarnos enganar tan rápido polas aparencias. Esa distancia só revela en situación extrema algunhas circunstancias comúns do neoliberalismo. É a sociedade a que debe garantir o futuro dos cativos, pero son as empresas (foráneas) as que conforman o mercado. Nestes casos é cando se percibe a necesidade de non confundir nin por inocencia a sociedade co mercado. Nin as posibilidades tecnolóxicas co progreso. Ao cabo, destas confusións sempre hai alguén que tira partido e alguén que acaba sendo vítima.

# Unha estrada ao sur

A estrada máis importante de Níxer cruza o sur do país de leste a oeste. É unha estrada comarcal con peaxe. Con certa periodicidade hai un posto de control ocupado por ata tres gardiñas de tres corpos diferentes. Se levas o pase no coche, a barreira (é un eufemismo, poden ser unhas cordas ou unhas cadeas) ábrese, e en marcha ata o seguinte control. A parada, en realidade, é só económica. Níxer é un país demócrata occidental: se pagaches, o resto ten menos importancia. A vía transcorre por unha zona que os habitantes do país consideran verde por ese valor relativo que as cousas adquiren no seu contexto. Aínda máis, é a zona rica do país. Hai gandería e as poboacións principais están abeiradas a esa liña recta que nos mapas semella unha columna vertebral. Pola estrada atravesa case todo o tráfico de Níxer e case coa mesma regularidade que os controis de viaxe míranse camións coxos, desmontados de rodas e co condutor tentando apañar unha fontanería esgotada polos anos e os malos tratos. Son camións grandes que esperan polos recambios, pola fortuna da chapuza ou porque algún día a estrada sexa máis amable.

## Patios como alamedas

Está nun lado da aldea onde aínda se está acabando o mercado. Na porta hai unha muller entrada en anos que vende comida rápida nuns recipientes de plástico. É para os rapaces que non poden ir á casa á hora do xantar. Un muro e un portalón separan a vida real do mundo escolar. Dentro hai como unha alameda e a cada lado das árbores as aulas de cada clase. Os nenos miran curiosos antes de que entremos a ver como son as aulas. Na inmensidade do patio, en suspensión sobre o sol e as sombras, sobre as follas, sobre a arquitectura racional e vencida dos edificios, sobre o círculo que debuxa o pozo, sobre as cabezas de pelo curto dos alumnos flota esa sensación de que houbo un tempo no que todo era posible e agora todo sobrevive nos recantos dunha posibilidade antiga.

# Mixto e laico

Os colexios son públicos, laicos e mixtos. Non hai contidos de relixión e as rapazas e rapaces comparten a mesma clase aínda que sentan en lados diferentes da aula. É curiosa a disposición e, no fondo, revela como as medidas igualadoras poden ter unha interpretación tan curiosa. É un colexio laico e tanto elas coma eles levan uniforme: parte inferior azul escuro, parte superior azul claro. Eles pantalón e elas saias. Agrúpanse máis coas visitas e os sentados nas filas do final parecen máis trastes ca os das primeiras. As portas están abertas e vai pasando o bafo da tarde. Os profesores explican un argumentario educativo baseado nos principios da igualdade, do coñecemento e da mellora que tanto admiramos desde a Ilustración ata aquí. Un argumento que extramuros parece só unha teoría sen seguidores convencidos.

## Que din os rumorosos

A televisión de Níxer, que tamén hai, non fala de desgrazas. Non fala de fame, nin ofrece imaxes de nenos sen abeiro. É unha televisión tranquila. Cando chega o final do día cumpren con ese vello rito de todas as televisións e botan o himno do país sobre unhas imaxes, non vou dicir que idílicas, con nenas e nenos cantando nun coro escolar con confianza e soltura. A música é un calco da Marsellesa, nos seus tempos e na invocación ao patriotismo, ao francés, claro. Unha fotocopia musical que demostra ata que punto o colonialismo veu para quedar. Os tempos caen, a colonia (ou o xampú) permanecen.

## Supermercados e mercados

Entramos nun hotel. Ten un patio inmenso polo que se espallan as habitacións en pequenos bungalows. Unha gran parte do terreo quedou a ermo e o sol non o desculpa. Entre casiña e casiña hai pequenas rúas con plantas deixando clara a intención algo idílica e racional de quen o levantou. Pero en cada recanto rebélase a sensación de despezamento. O tempo vólvese máis mortífero cando hai fame e a fame vólvese máis eficaz cando lle dan tempo.

## Condición humana

Cambia o escenario repítese a estampa. Unha ringleira de mulleres que esperan ser atendidas no consultorio de Acción contra a fame. A fila percorre os arredores da casa e non hai forma de contar a historia de cada unha desas mulleres co detalle exacto do drama que padecen. Unha delas permanece na fila con dous nenos, ten cara de ser novísima pero os campos semánticos cambian tanto duns continentes a outros. Os nenos están medio escondidos baixo a roupa de nai e miran desde ese interior e non sorrín. Ela está nerviosa e eles están inquedos. É unha suma de cousas. Ninguén, agás ela, acabará por saber cantos quilómetros percorreu ata chegar aquí, nin a que hora botou a andar cos nenos ao lombo, nin como se apaña alguén cando o sol se anima. Nin se paga a pena tanto esforzo, nin se calcula que ten que regresar. Quizais haxa algo de condición animal, de instinto de supervivencia que se move con todo. Ou será esa a condición humana, a auténtica, a que culturalmente nos empeñamos en disimular.

# Pero tamén feiras

Unha aldea a trinta quilómetros do último asfalto coñecido. A primeira hora da mañá pode sorprender a animación dos camiños que conflúen nun grande espazo dedicado á feira. Os carros levan metálicos vellos, colchóns, portas, sacos de arroz ou fariña. Os coches saltan sobre as fochas sen cita electoral que os remedie. O número de pasaxeiros debería ser considerado inmenso en relación á capacidade con que foron fabricados os transportes. A feira parece grande, a calor do mediodía detense nas follas das árbores e nalgúns pendellos montados para que os vendedores poidan atendelos encrequenados. Pero no medio desta fin do mundo seca, os sacos de arroz á venda teñen selo de Vietnam, chegados vía Francia, os adobíos de plásticos proceden de China e os tecidos tan coloristas que visten as mulleres proceden da India. Hai camisetas con estampas de Jennifer López ou camisolas futbolísticas de equipos españois, pero nin sequera levan nomes africanos como Anelka ou Eto'o.

# É cousa de homes

Seguro que hai na feira moito de folclórico. Pero non o percibo. Mentres no consultorio de Acción contra a fame só hai mulleres, no mercado o dominio é masculino. Andan ás voltas polas rúas da feira, déitanse para enganar o sol ou discuten lixeiramente. Negocio non parece. Igual sucede que cando se acaban os cartos comezan os ritos e a cita non é máis que outra cerimonia que sobrevive aos tempos peores.

# Bar de oficiais

O río Níxer fai un meandro amplo fronte a Niamey. Sobre o meandro e a certa distancia del está un hotel internacional. O carácter de internacional, supoño, vén dado por ser o que escollen os estranxeiros no país e porque ten piscina. Atardece e a postal bucólica preséntase sobre a terraza deste bar de oficiais sen exército vinte minutos antes de que cheguen os mosquitos. Desde a terraza vese a única ponte que cruza o río saíndo da capital e unha extensión de chaira facendo curvarse ao río. O sol déitase coas reverberacións da calor. Na terraza, bucolismo queda o xusto. É domingo e a xente descansa aínda que a fame non o faga. Hai un rebumbio de persoas, de mesas familiares con cativos, de grupos que lembran en algo as festividades dunha primeira comuñón. Logo está a varanda, logo un terraplén, logo un río con hipopótamos e despois un país en disputa co deserto que precisa algo máis que boas intencións e fariña para pórse en pé.

# Un nazara en terra de ninguén

Alfonso Costa

Atrás foi quedando Europa sumida na indiferenza, coas súas dúbidas existenciais, e as présas por chegar a algunha parte.

A noite cubriu de estrelas o firmamento, o meu corazón permanecía en calma, pero os meus ollos estaban ávidos por descorrer a cortina do ceo e comezar a escrutar a escuridade.

Asomei a cabeza á xanela do avión e descubrín un finísimo colar de luces que perfilaba o continente africano. A lúa estaba a crecer e mostrábase danzarina sobre o ceo de Casablanca.

Unha escala de hora e media na cidade marroquí e de novo voabamos a 10.800 m sobre as montañas do Atlas rumbo ao noso destino programado: Niamey, no corazón de Níxer.

Chegamos de madrugada, os nativos aínda durmían. Primeira sorpresa: a compañía Royal Air Maroc deixara esquecidas no aeroporto de Casablanca as nosas equipaxes. Foi un delicado momento, os nervios tensáronse, quedaramos orfos, sen nada. Tan só unha pequena mochila entre as mans e dentro a documentación, incluída a libreta coas anotacións das distintas vacinas que nos puxeran na Coruña. No meu caso tamén tiña a máquina fotográfica e un pequeno estoxo de acuarelas que portaba para facer apuntamentos na viaxe.

Mirámonos os uns aos outros, eran as cinco da mañá e de mutuo acordo decidimos descansar e esquecer aquel desafortunado contratempo. O mundo non remataba aí, e, en canto abrisen as tendas, iriamos comprar o indispensable para subsistir.

Acabábamos de aterrar noutro mundo, un territorio descoñecido exposto aos ferintes raios solares que atravesan desapiadados a deteriorada capa de ozono que cobre o centro de África.

Un mundo multicolor, con depósitos de ouro e uranio nas súas entrañas, que perdeu a noción do tempo. Seres que camiñan polas poeirentas rúas, nenos con ollos suplicando algo.

A estrada principal cruza Níxer de leste a oeste, e nela celébranse multitude de mercados. É como unha liña gris con grandes fochas debuxada sobre o mapa á que acoden xentes de todas as partes para ofrecer e comprar infinidade de produtos: froita, mobles arqueados polo caloroso sol, garrafas cheas de gasolina, paínzo, leña para quentar... etc.

O traxecto en dirección Maradi está cheo de fronteiras, peaxes marcadas por un simple cordel que xoga a camba co aire. Un elemental recibo en papel amarelento por pagar o arbitrio dános dereito a seguir o camiño. Entón o garda solta o cordel asido ao seu amarre e déixanos continuar.

O sol arde, o termómetro marca 48 graos, as vacas atravesan a estrada sen deterse ao noso paso. Os mozos subidos ao burro patexan o buche do asno e o animal corre veloz cargado coas cuncas de barro.

A nosa primeira etapa debería ser Mayahai, pero a apresurada chegada da noite obríganos a pasar a noite na cidade de Maradi.

Estaba impaciente por chegar á base. O meu corazón atopábase baixo mínimos, os mosquitos roldaban o meu leito e grazas ao «repelente de insectos» fomos escorrentándoos do noso lado.

Despois de percorrer quilómetros e máis quilómetros por pistas de area, cruzándonos no camiño con mulleres portando nas súas cabezas unha cunca e ás costas o fillo que nos mira sorprendido pola presenza do noso coche, tuaregs a lombos de camelos e árbores queimadas pola seca do verán, chegamos ao noso destino.

Os meus ollos comezaron a ter conciencia do que me estaba a suceder. Non eran miraxes en pleno deserto, eran outros seres de carne e óso que habitaban unha terra infecunda, rodeados de cabras e plásticos que o vento esparexía entre as chozas circulares cubertas de finas pólas. Os voluntarios de «Acción contra a fame» estaban alí distribuíndo os alimentos para os necesitados.

As mulleres vestidas coa cor do arco da vella esperaban pacientes cos seus fillos pendurados das costas a que o doutor diagnosticase a doenza do neno.

Nese momento sentín unha emoción moi grande, os seus ollos e os meus cruzáronse fugazmente. De novo mirámonos e a miña cámara ía retendo na súa tarxeta dixital ese instante que polo azar do destino nos tiña alí.

Busquei a desgraza nos seus rostros, a palidez da alma, a soidade do que sofre, a fame que mata. O odio aos brancos e ao mundo sofisticado por deixalos morrer, pola falta de auga. E debo dicir que esas xentes posúen un marabilloso tesouro: a dignidade.

Non vin maldade nos seus sentimentos. Pero si contemplei como nenos con soños de homes rastrexan no avermellado chan para atopar a estrela que lles indique o camiño dun futuro prometedor.

Criaturas desnutridas cos ollos tinguidos de sangue, nais cos pés doridos de tanto camiñar para atopar na codia do deserto un manancial de auga potable.

Ao segundo día de estadía en Níxer, decateime de que levaba no meu peto un caramelo, pero eles eran máis de catro. Botei sortes, e o doce foi para a nena de ollos amendoados, vestido amarelo e sandalias de cor azul.

Ao velo na súa man sorriume docemente, mentres os demais a rodeaban ansiosos por saber que era o regalo.

Saqueille o papel de prata e insinueille que podía metelo na boca, e así fíxoo. Ao instante sentiu no seu padal o sabor do mel. Os outros nenos seguían mirándoa con ollos desorbitados. A nena con vestido amarelo partiu o caramelo en cinco anaquiños e repartiuno un a un aos seus compañeiros, baixo un sol que calcinaba a pel.

Nós estabamos alí para prometerlles un cambio, pero as súas vidas penden dun fío, o fráxil fío da esperanza.

Pero, quen son mellores, eles ou nós?

Eles nada posúen, son pobres de solemnidade, pero teñen algo que nos ofrecer: a alegría de vivir. E nós con toda a historia detrás: os adiantos da ciencia, as comodidades, o reloxo que nos acouta o tempo, envexas por querer ser deuses, a angustia de non poder alcanzar a fama, porque seguimos obsesionados en ser o homosapiens que cotiza na Bolsa a diario.

Viven coa morte, sofren e calan, engalánanse de festa para recibir o novo día e non esconden o seu sorriso franco que humilla os poderosos.

Necesitan auga para que a semente que levan dentro creza. África balancéase no fío da espada e somos nós os que coa nosa solidariedade debemos inclinar a fuselaxe das aves do Gran Imperio e miralos ao corazón, que é igual que o noso: VERMELLO, vermello como o sangue.

Unha sombra rectilínea cobre a sabana, o aire golpea a miña pel rosada e o neno nos brazos dunha nova nai mírame, e ao pronto chora, chora desconsolado.

Viu un nazara en terra de ninguén.

# Meniña de auga

Alfonso Costa

Mírote na estreitura do vento,
na rectilínea sombra
na que se agocha a túa sorte.

Un paraíso na mirada
que os teus ollos desprenden.

O sol calcina a lentitude das horas.
Ti es luz radiante,
alegría de vivir
un soño en Tessaua.

Fería coas súas lanzas o día
a fulgurar na sabana.

Os homes a lombos de gráciles dromedarios,
as mulleres cimbrando os seus corpos
camiño do mercado.

O chairo arde
baixo os pés descalzos,
o neno agarrado ás costas de súa nai
mírame asustado
e chora a lágrima  bendita.

Viu un nazara
en terra de ninguén.

Ela, muller
de poucos anos sorrí
mentres ducias de mans
buscan desesperadamente no aire
unha pinga de auga.

Troncos orfos de pólas,
o tremor das mans a esgazarse,
o anuncio sofisticado
ofrecendo derrubar os muros do pasado.

As meixelas das mozas ruborízanse
ao contemplar na pantalla ao baril galán
beixando á protagonista.

A luminosidade do televisor
fai tropezar ao cego
que nada sabe de romances.

A tarde é desexo palpitante
que incita a gozar en liberdade
baixo outro sol que trafica
coas emocións.

Chamáronme polo meu nome
logo de lle escoitar a Iñaki dicir: Alfonso.

Sentinme un deles,
percibín a ausencia do pasado,
fitámonos e unha vez máis
o ancián pronunciou: Alfonso.

O coche fixo soar a bucina
e emprendemos de novo a viaxe.

Corpo de muller
salferido polas feridas da fame.

Malia tanta miseria,
a túa boca adquiriu o ricto da esperanza.

Unha esperanza animosa
que murmura nas noites de lúa chea
e coquetea coa desgraza.

Sibilinas luces
xogando cos homes ás escondidas.

Camiños de area
a cruzar a extensión da man.

Os altofalantes seguen a predicar
no deserto anegado de plásticos.

Un neno morre
sen coñecer a derrota
dos homes
nunha estúpida guerra.

Un neno morre
para deixarnos un sinal
sobre un cacho de terra.

Un neno...
milleiros de nenos morren
sen coñecer a súa nai.

Reclinados
nas lembranzas
ían deixando pasar as horas
apoiadas nas escuálidas sombras.

O ouro agóchase
nas entrañas da terra.

No subsolo
trafícase coas conciencias,
mentres na superficie
morren nenos
nados para seren un dato máis
a non ter en conta.

Todo en ti
é dignidade sagrada,
cor exultante,
sorriso que anega de luz
o interior das meniñas.

Sen coñecerte
figureite gacela ferida,
femia de home dominante
que fai e desfai
os sentimentos máis profundos.

No teu ventre
habita o Universo todo,
pracenteiras lembranzas,
aromas a esvarar
sobre os teus peitos nus
que descoñecen un verán
deitados sobre as areas brancas
dunha praia nas Bahamas.

O teu xubiloso sorriso
cativoume, muller de acibeche,
deusa de ébano,
ofrecida a ser mortal esposa
que empreñará fillos
para a morte.

Seres inocentes
nados para ser carne de escravo
menosprezada no feirón do mundo.

Seres
marcados pola tinta escura
que abrillanta os zapatos do tirano.

No íntimo do teu seo violado
hai un río de esperanza.

Debuxado na túa boca
ficou prendido o beixo
como o vento atrapado
no trenzado da cabana.

Os teus dedos tecen soños
que ofreces ao fillo que levas nas entrañas.

Por iso ao verte, así de apracible
levando o corazón na man
e toda a beleza do arco da vella
sobre o teu corpo de lúa crecente,
contemplo o barro roibo
que precisa da auga
para ser humano e pregúntome:

Que deidade non é capaz
de ofrecerche unha cunca de auga
e relaxar os teus pés curtidos
polo cansazo?

Mirámonos,
o meu corazón sentiu
o lategazo dunha
cruel realidade que tiña
diante dos meus ollos occidentais.

Ti
amosáchesme
como nace a primavera
cada día
cada instante
sen tempo
sen présas
sen lugar para o pranto.

De novo nos miramos,
ti cos ollos bañados de esperanza,
eu contando os soños rotos.

Se cadra,
non teñamos conciencia
de sermos quen somos.

Miña amiga,
atópome náufrago
nesta inmensidade de area,
pero non estou só:
ti estás ao meu carón
co sorriso entre os beizos.

Na tarde sosegada
escóitase o rumor temperán
dos nenos e o eco das súas voces
regresa ao útero da noite.

Sen horizonte
dormen alleos
á fraxilidade da memoria.

É inútil buscar nos soños
o murmurio dunha fonte de auga clara
ou o silencio espido do mar
abandonándose á súa sorte.

Porque non hai pensamentos
que abracen o desexo de seguir vivindo,
nin areas que se abeiren na nostalxia.

A luz do día
brilla de novo na raíz fráxil
nada entre cinzas e lume
nunha terra amarga.

Non hai altiveza
na túa bela alma que busca
nos poros da túa pel escura
o amor que non florea
da semente derrotada.

Árbores desnutridas,
cubertas de plásticos.

Camiños que abrazan
o desexo cativo en noites
de dura invernía.

Tristura ou esperanza
multiplícanse ao abeiro
das alongadas sombras
que loitan por encontrar un sitio
na crúa realidade
a mercé do vento desidioso
que busca reconstruír espellismos
baixo a mirada da lúa chea.

A túa mirada truncouse,
o silencio acudiu a ti
nos dominios das tebras.

Soidade de luz
nos quebradizos espellos
que xa non experimentan
o pracer de reflectirte.

As pegadas do pasado
semellan labirintos
por onde a túa man procura
infatigable a nudez da rosa
para acariciala.

### Rapaza albina

Baleiro das horas,
que nos conmove
cunha imaxe incerta.

Mírasme
sen saber por que a túa pel
e maila miña
semellan iguais.

Mírasme
cos ollos perdidos
envolta cun negro veo
que cobre a túa desgraza.

Mírasme fixamente á alma
e os teus beizos aparentan non saber nada.

Es paradigmática
así tan branca e tan impropia
dun continente desherdado.

A miña man busca a caricia
no corazón do aire cativo
porque o sol ardente non lle permite elevarse.

Finxía
non estar neste mundo,
a súa idade pasaba dos corenta.
Sobre os seus xeonllos
unha criatura cos pés vendados.

Era un rostro
cicelado pola miseria.

Innumerables sucos
fendían as palmas das súas mans
por onde as bágoas
deitaban o seu leito
mentres os ósos erguían
febles murallas.

No medio de tanta pobreza
a dignidade camiña fidalga
a matinar nos pensamentos
dos que aló imos
a cicatrizar as feridas da fame.

Murmuran os infantes
na substancia mesma da nada.

Non obstante,
a mísera choza conmove
ao entrar nela e ver un catre
xenerosamente preparado
para recostar cinco criaturas
que esperan a súa nai.

Ela foi por auga
para vendela no mercado;
é así que todos os fillos,
tamén a cabra, comerán paínzo ese día.

Ollaban
silenciando a secura da alma,
enfrontándose á vida
con humildes sorrisos
sobre o lodo amargo
da dor sombría.

Sofren caladamente,
pero os seus rostros irradian paz,
turbada moitas veces
polo desánimo da xuventude
que pasa na punta dos pés
polas súas curtas vidas.

Muller,
ti es a raíz vigorosa
que conmove o espazo.

Semente profunda
que busca desesperadamente
nesa terra calcinada
unha pinga de auga.

Muller, nai
de corazón grande,
só ti sabes por que non nacen flores
na primavera de África.

Devastada polo lento
palpitar da ausencia.

E o río, enxoito de transparencias,
ocúltase baixo dos cantos,
a descifrar de novo outro leito.

Non obstante,
o perfil dos barcos
lévanos a soñar con precisos horizontes.

Regresos á infancia
dunha patria inhabitable,
sempre na paciente espera
de ver brillar o ouro
no xardín verde do oasis.

Na beira do río Níxer,
forzado ao culto do uranio,
as mans enchóupanse de barro.

O dinosauro fica durmido
os doce meses do ano,
porén ninguén ousa
murmurar pensamento ningún
en medio da noite...

Contemplaba o incerto
desenlace da vida,
unha esperanza de laios
que era presenza constante.

Un rostro abafado,
nado para ser bágoa.
Incesante mágoa
ou espanto.

Só,
o neno, melancólico
e cos pulmóns enxoitos,
concibía o mundo como un pozo
onde beber todos os nomes
dos seus irmáns.

E si, cría estar soñando,
apoiado no eco do vento.

Contemplaba o séquito
dos minúsculos graos de area

que voaban no silencio da paisaxe
teimudo en ser deserto.

   Quizais o encanto dunha terra fértil,
o bosque abaneándose entre as néboas,
o riso das follas, a chuvia que
constrúe piraguas no aire,
a desgraza que fai valentes aos homes,
os xenes que se sublevan
contra da miseria parlamentaria.

   E como sempre,
o neno que nace coa pel desnutrida,
sen esperanza no mañá,
como se a vida lle prestase un rostro
para honrar a súa nai.

   Ela sorrí.
Oxalá que a luz da xustiza
proxecte sombras minerais
sobre os que condenan a paz
e esquecen que eles tamén foron
paridos do ventre dunha nai.

Camiñaban en silencio,
Avanzaban adobiados de festa.

                    Pensei:
                nos castelos
             de area, nas grandes
pirámides, un oasis no medio da terra desolada.

            O maná
                c
                  a
                    e
                      n
                    d
                      o
                                    desde o ceo,
        a hora todopoderosa
que abre horizontes inmortais.


As branquias
            da nosa memoria primixenia,

o nupcial bater das ás da primavera,
o neno indefenso
que remonta os días
co estómago baleiro.


As  m o s c a s  rompendo
o soño da inocencia,
paxaros que non voan na distancia,
o mundo que rexeita
aos que non son ninguén,
as promesas
navegando polo mar m
o
r
t
o


Seguen camiñando en silencio,
a  v  a  n  z  a  n  n
vestidos de festa e nos seus rostros
a alegría
de naceren
negros.

Son os eremitas das sombras,
naves sen rumbo, cegados
pola ferocidade do sol, como espellismos de seda,
lenes, desacougantes luminarias, evocadoras
de fantásticas reverberacións.

Murmuran as adiviñas,
as miradas perdidas, eslúense
entre as dunas.

Os camelos deténñense
para daren sombra aos homes
neste esfollado deserto,
tatuado de ignotos labirintos,
de horas sen tempo,
abandonados no centro mesmo
da espiral que nos propón preguntas.

Velaquí que o regreso á inocencia
adoita ser unha hipótese endurecida
pola inmobilidade dos soños.

O caloroso día pecha o seu peito de ouro
e a noite abre a súa lúa amorosa.

Os espellos fican espidos
de sombras hostís, renace a danza,
arde o lume sobre as inquietantes areas.

Os eremitas das sombras
non ocultan as súas raíces,
bébedos de amor son arrastrados
ao excitante mundo dos devanceiros.

Non son avarentos,
nin fantasmas do pasado.

Non fan culpa da cor que os diferencia,
nin son avisados mercadores.

Non son anxos, nin demos,
nin sequera ánimas en pena
enfeitados de sufrimentos.

Non obstante, son seres fermosos
ataviados con exquisitas cores, adornados
coa frescura da alma.

Esencia de luz
nun país de miserias,
chameantes candeas que iluminan a noite.

Un soño outonal
como presenza viva da palabra,

ollos que sorrín no regazo,
os nenos que dormen
sobre o reflexo da auga.

E unha vez máis,
as fronteiras marcando un territorio.

A morte axexa,
mais comecemos a repartir estrelas.

Todas as sombras
reúnense un día ao ano
para darlle abeiro ao milagre.

Acaba de nacer un ser
con todos os astros tatuados
no seu peito diminuto
e, ao seu redor, bolboretas
a voar e nas súas minúsculas mans
a brotar unha gota de auga.

Naceu a esperanza.

Medran sobre os crepúsculos doentes
mitigando o pranto con afastadas lembranzas
a carón da porta que segue pechada.

Agardan ao Emperador de ilusións
e nesa longa espera
                    o rapaz
                            ve pasar a morte
                                            e a vida
                    perfumada de mentiras.

Os sentimentos derrétense
                    coa abafante calor,
                        espectros axexan
                            o soño impulsivo do neno
        que descoñece
                    a cor das bágoas.

O oráculo prognosticoulles
que os fillos dos seus fillos non chegarían a vellos
                    e que Apolo non era o máis fermoso

e para vivir eternamente aconselloulles
ter moita paciencia.

A nai escoitou o fugaz
    e certeiro dardo da fame
        pasar a rente da súa porta.

O vento do deserto  estremeceuse,
        un peito a esfollarse.

# O gato namorado

Moustapha Bello Marka

*Traducido do francés por Carlos Arias*

# Conto

## 1

El era un gato que vivía en Daniya, un gato tan alegre e mequeiro que lle chamaban Meigolo.

O Meigolo vivía feliz no seo dunha agradábel familia.

O pai chamábase Mallam Mashi. A nai, Daji. Tiñan dous nenos. Kulki, de nove anos, que andaba polo segundo curso de primaria na escola de Tarbi'a. E Dela, a mociña, que, cos seus cinco aniños, estaba aínda no xardín de infancia.

## 2

O Meigolo levaba unha vida fundamentalmente tranquila. Os nenos gozaban adoito ao aloumiñar.

Non fallaban ocasión ningunha para lle daren larpeiradas, bos cachos de carne e mesmo, ás veces, de peixe.

O Meigolo, por o dicirmos dunha vez, estábavos ben atendido.

## 3

Todas as gatas do quinteiro admiraban o Meigolo. Gustáballes convidalo a paseos de namorados.

Entre elas, había unha gatiña que se chamaba Belbela. Nacera nun país onde cae a neve. Á belida Balbela gustáballe moito o Meigolo. O príncipe, pola súa vez, non puxera aínda a súa mirada nela.

El prefería gardar a casa contra os ataques dos ratos e outros depredadores.

Á noite, cos rapaces, achaba a felicidade vendo a tele.


## 4

A fermosa situación de vida do Meigolo creaba envexas e xenreiras entre os gatos. Especialmente entre os gatos dos tellados e os gatos vougos sen enderezo fixo.

Cada vez que vían o Meigolo, boureábano:

—Mirade para ese gato que se pensa igual ca os fillos dos humanos.

O Meigolo, ben ergueito, non respondía xamais ás súas provocacións.


## 5

No entanto, ninguén non sabía por que lle gustaba ver a tele.

Resultaba que na tele aparecía unha fermosa moza que presentaba cada día a programación.

Resultaba que a esa moza quería vela e falarlle Meigolo. Ela chamábase Kuali.

A cousa chegou ao extremo unha vez que houbo unha avaría da enerxía eléctrica, que durou algúns días. O Meigolo, que durante todo ese tempo quedou sen ver a tele, e, daquela, sen ter nova ningunha da súa amada, sentíase moi tristeiro.

## 6

O Meigolo non sabía nada verbo da belida Kuali. Entre eles, cómpre recoñecelo, había unha distancia moi considerábel. Mais, non di o proverbio que quen ama non ve xamais?

O amor que sentía Meigolo medraba cada día, até o punto de que os celos viñan asaltalo, e acababa por meditar no porvir que o destino lle había reservar á súa bela.

Sabía que un día calquera un príncipe encantador casaría coa fermosa Kuali.

Aínda por encima podía dicir que el, Meigolo, un simple gato, caera namorado das fillas do ser humano?

As sombras dos pensamentos envolvían o Meigolo. Case non comía. Bebía pouco. Con só fitalo, víase que enmagrecía coma se sufrise calquera doenza.

## 7

A situación do Meigolo desacougaba á comunidade dos gatos. Daquela, logo dunha boa deliberación, delegaron en Sofo, o vello, para que fose canda o Meigolo. Este escoitou moi atento o mensaxeiro... sen lle responder palabra ningunha. E por se for o caso... preferiu gardar o seu segredo moi profundamente no seu interior. Para ben se abeirar dalgunhas aduanadas.

O ancián, máis ca apesarado por semellante silencio, volveu para a asemblea.

—O Meigolo, dixo, escoitoume sen me responder nin palabra.

—Moi ben! Se non lle apetece que interveñamos, deixámolo co seu problema, concluíron os anciáns.

## 8

Mesmo na casa, onde se decataban do estado do Meigolo, o pai inquietábase. Este, logo de moitas reflexións, coidaba aquelado levalo onda o veterinario.

O home, cando o auscultou, deu o seguinte diagnóstico:

—O seu gato non ten nada. Non ten máis que anda namorado.

—O meu gato namorado... Cústame ben crerllo, recoñeceu Mallam Mashi.

—No entanto, a constatación paréceme correcta. Polo de agora, mérquelle estes medicamentos que lle prescribín para que colla outra vez o apetito. Sobre todo, aconséllolle envialo para o campo, a repousar. Isto halle remontar un pouco a moral.

## 9

Como xa viñan as vacacións, o pai enviou o Meigolo e mais os rapaces para o campo, a visitar a avoa.

Mais, un pouco antes de saíren da vila, foi rebentar un pneumático do coche que os transportaba.

Os nenos, do mesmo xeito ca os outros pasaxeiros, baixaron do vehículo.

Meigolo, que fitaba con curiosidade a paisaxe ao redor, viu unha belida moza na beirarrúa.

Mirou... Fixouse ben... A Collyre! Velaí a Collyre!

Deu un chimpo. E outro chimpo máis. E aínda outro chimpo polo reencontro coa súa amada.

Mais, recuando, cunha sensación de abraio mesturada co medo, a bela botouse á calzada. Un coche que viña ás carreiras bateu con ela. Caeu inanimada. A xente acudiu para lle fornecer auxilio.

O Meigolo, a porfiar coa masa, escorreuse entre os pés da multitude e volveu para o coche que, logo de o arranxar, partía.

## 10

No campo, o estado do Meigolo non melloraba nin pouco nin moito. Sobre todo cos refugallos de comida simples e sen gusto que lle servía a avoa.

Por riba, non había máis ca unha televisión pública en toda a aldea. E había unha chea de tempo que se derramara.

Para dicirmos verdade, Meigolo viu cun inmenso alivio chegar o remate das vacacións. E a volta dos nenos e del mesmo para a casa.

Logo de chegados, todo o mundo se sentía feliz dos reencontros. Bardante Meigolo, que pensaba moito na Collyre.

Non deixaba de se preguntar ao máis profundo de si mesmo:

—Estará aínda viva a Collyre? Ou morreu nese accidente?

## 11

E o tempo pasaba. Pasaba sen que Meigolo vise a Collyre reaparecer na tele.

Un día, por simple casualidade, anunciaron o comezo dun concurso para o mellor gato da cidade de Daniya.

—E logo por que non inscribimos o Meigolo?, propuxo Dela.

—Por que non? Ímolo apuntar, respondeu Kulki.

Ao escoitar estas palabras, o Meigolo moveu a cola para ben amosar a súa ledicia.

## 12

A competición resultou dura. Moi dura. En catro ocasións, Meigolo debeu enfrontar concursantes de categoría: en primeiro lugar, durante a selección previa. Logo, nos cuartos de final. Despois, na semifinal. Decontado, na final.

Ah!, dicíase Meigolo... Soamente con que a Collyre estivese alá! Ela habíame ver en todo o meu esplendor.

## 13

Malia o difícil que quedara a final, Meigolo, cunha boa cualificación do xurado, levou a proba.

Organizouse unha ben boa festa para a ocasión. Ese día, vestiron a Meigolo con roupas de moito boato. Puxérono coma un verdadeiro rei.

Invitaron a familia, por suposto, a esta grandiosa festa.

No medio e medio do estudio principal da televisión, sobre un trono no que flamexaban teas de ouro, aparecía escrito: «MEIGOLO, REI DOS GATOS DE DANIYA»

## 14

Nese día de festa, o estudio estaba ateigado de xente. Desde o seu podio, o director de programas anunciou:

—Agora mesmo, déixolles pasar unha agradábel velada na compañía desta personalidade pola que están a devecer desde hai moito tempo!

E cando todos o agardaban, apareceu entre os rexos aplausos do público o Meigolo, convencido de que estaba a soñar. A Collyre... Estaba a Collyre. Collyre, máis bela ca nunca. A Collyre que camiñaba cara ao Rei Meigolo. A Collyre que tendía as mans para o Rei Meigolo. A Collyre que tomaba e apertaba forte no colo o Rei Meigolo.

Cando a belida lle pousou un beixo na meixela, Meigolo pechou os ollos.

Para el, o día convertérase no mellor da súa vida.


## 15

Mentres o Meigolo se sentía co corazón en paz, pensaba en Balbela, aquela gatiña nova que recoñeceu, dunha vez, como fermosa de verdade.

E amais, a belida non había mirar senón para el, o príncipe convertido en rei.

Meigolo, logo da festa, invitou a Balbela á casa, para veren xuntos a televisión.

—Cata que nabo! O Meigolo cunha noivecha!

—Vai ti saber se non sería dela da que estaba namorado! Toda a familia se botou a rir con gana.

Se non for Meigolo, como había un gato morrer de amor por unha moza?

## FIN

# Índice